U0081463

# 新聞採訪與寫作

為什麼新聞需要「採訪」呢？新聞不是就看到發生什麼事報導出來就行了嗎？其實好的新聞報導一定要來自好的採訪過程，也考驗著記者的事前準備及現場應變能力。

銘傳大學新聞學系｜編著

# 序

這兩本書的出版是具有雙重意義。其一，為新聞傳播科系學生提供實用的教科書；其二，為紀念許志嘉老師。

撰寫教科書的構想，最起始的發想來自於許志嘉老師，也是前新聞學系主任。當初他一直認為，「新聞採訪與寫作」、「新聞原理與編輯」這兩門課是銘傳大學傳播學院的重點科目，學校花了最多經費及師資投注在這兩門課程，院上同時也敦聘多位實務界的前輩壯大課程的師資陣容，而老師們的上課內容精彩豐富，實在應集結撰書供學生參考。

有了這個念頭，志嘉就著手規劃，並拜託老師們共襄盛舉。那知就在要開始收稿時，竟發現志嘉罹患肺線癌，使得出書工作就此延宕下來。在志嘉對抗病魔之際，甚至到過世前，心中仍懸掛著這件事，讓人看了不忍，而自己也在志嘉彌留時，承諾會幫他完成這件事。在收集稿件時，一度找不到志嘉撰寫的稿子，但確信他在病中，仍忍著病痛寫了幾個單元。這兩本書若不能收錄到他的文章，總是一項缺憾。冥冥之中，似乎志嘉也幫忙推動這兩本書的誕生，居然讓我們在志嘉與他人往返的 e-mail 中找到了他的稿件。

兩本書的架構主要是配合課程的設計，《新聞採訪與寫作》這本書首先讓學生對新聞工作及新聞的本質有所認識，再說明採訪技巧及新聞寫作的基礎，了解如何進行採訪，及各類型新聞在採訪時的不同方法。接著指導如何將採訪到的素材撰寫成各類型的稿件，包含新聞稿、特寫及專題。同時，書中也對在媒體實際運作中會遇到的突發狀況、新聞錯誤等，詳細解說因應之道。

《新聞原理與編輯》的內容則更多元，基本上它是結合「新聞學」、「新聞史」、「雜誌編輯」、「新聞編輯」等科目，而將其融合為一門課。所以在這本書中所看到的各單元，包含「新聞學」相關的新聞學概論、新聞價值、新聞自由、道德與法規等單元；「新聞史」相關的著名國際媒體介紹、著名華人媒體介紹等單元；「新聞編輯」相關的版面企劃與製作、標題製作、圖片編輯等單元；「雜誌編輯」相關的雜誌編輯企劃、雜誌編輯製作等單元。

兩本書中的各個單元，主要是以老師課堂授課內容為本，加上其實務經驗，並參酌相關書籍撰寫而成，務必使內容兼顧理論與實務。同時並依單元內容給予思考問題，讓讀者能就該單元進行復習或深度思索相關議題，且兩本書的各單元都設計實作作業，供讀者閱後練習。若對各單元內容想進一步了解，文後亦附上參考書目可供深度閱讀。

今天志嘉離開我們剛好一年，回想出書過程中的種種：邀稿、催稿、再催稿、洽談出版社、幫忙改稿、再改稿、校稿、再校稿及其他種種的瑣事，電話一通一通的打、稿子一次一次的催、文章一篇一篇的校，支撐我的是對志嘉的承諾。同時，也感謝所有提供稿件的老師，如果沒有你們，這兩本書是不可能出版的。相信在天上的志嘉也同樣的謝謝各位，更希望這兩本書的出版，可讓志嘉真的放心了。

最後也希望這兩本書，可以成為對新聞工作有興趣讀者的最佳入門書，也能成為新聞傳播科系學生最實用的教科書。

銘傳大學新聞學系
陳郁宜 2010/07/25

# 目　次

# 第一章　新聞記者工作概論

林全洲、陳郁宜　編寫

在大學入學甄試的口試中常會問學生為什麼要念傳播？為什麼想要當記者？上課時，也有同學會問到當記者要有什麼條件？記者是一個專業嗎？其實相關的答案，坊間有很多書都會有所解釋，但似乎都很難完全的切中每個人的疑惑。這只能說這份工作的體悟，很多時候是「如人飲水，冷暖自知」。但對於這份工作存著好奇或嚮往的人，應先對新聞記者工作有基本的認識。

## 第一節　記者工作的真實面

1111 人力銀行曾進行「記者辛酸指數調查」，結果顯示有 84%的記者曾想轉行，有 38%的記者不快樂。再進一步分析為何不想做記者？主要原因是媒體生態變質、工時太長壓力太大、狗仔文化當道。而在工作上最大的困擾則分別是約不到採訪對象、寫稿無法公正客觀、沒有未來發展性。當時就將這份剪報影印給入學的新生看，讓他們能對這個行業真實情形有所了解。

對於記者這份工作的確是有不少人存在著憧憬、幻想。但如果真的走進記者世界，將會發現它的真實面是充滿著辛苦。當然任何一份工作都有它辛苦的地方，只是記者工作它的辛苦有其特殊之處。就舉幾個常見而與其他行業不同的情形做說明。如

一、工作量大，稿量壓力大。對記者而言，每天睜開眼睛想的就是新聞，昨天有沒有漏新聞，今天得去那兒跑新聞，沒有新聞時更要絞盡腦汁想那兒可以生出新聞，因對媒體而言，除非停刊、停播，否則每天要報導大量的新聞，而記者就是新聞的生產者，那種生活是周而復始的不停推著記者往前走。

二、新聞只有一天或一小時的生命，精神壓力大。對記者來說，能跑到獨家那種成就感是很難言喻的，但那種快樂的時間是很短暫的，畢竟新聞的生命很短，新聞一下子就成為歷史了，大家要重新競爭追新聞。另一方面，如果新聞跑到獨漏，那種沮喪心情是必須馬上調整，因為沒有人會同情你，只會看你怎麼去補救。也因此，同業雖然是記者生活中相處時間最長的伙伴，大家於私是朋友，但於公就永遠處於競爭狀態。

三、生活時間不固定。朝九晚五的工作型態對記者而言根本是天方夜譚，對多數的記者每天的工作時間都超過八個小時，更多人是超過十二小時，這主要是記者的工作內容包含了採訪及寫作。採訪是去採買素材、寫作是將素材處理成提供給閱聽眾的新聞資訊。而由採訪到寫作所需花費的時間，有時需要從早到晚、甚至包含與新聞採訪對象應酬，所以使得生活時間很不固定。有時新聞發生在深夜或休假日子，但都不能成為不在工作時間內而不去採訪處理的藉口。

四、在最惡劣環境下仍要工作。雖然依規定記者每週仍有休假的日子，但記者多數都是處在隨時備戰的狀態中，只要臨時有狀況就會馬上停休上班。同時，在最惡劣的情境時，往往是記者愈需工作的時候，如颱風發生，別人可以關心風速幾級可以停止上班，但記者這時反而是最忙的時候，因要提供民眾最及時的颱風資訊。

# 第二節　記者的一天

國內媒體記者，可以粗分平面、電子兩大區塊，由於截稿時間、作業方式不同，記者生活的每一天，有時規律的像鐘擺般，固定時間，總會出現在固定地點，有時因為突發新聞出現，正常的計畫趕不上變化，隨時都得調整作。在這裡試著以常軌、負責任的工作態度，重建記者的一天，讓有志於媒體事業者了解，記者的一天是怎麼一回事。

## 一、平面記者

早上七點多，平面記者總要起床，第一件事是到報箱拿報紙，不是要看自己昨天的報導刊登了沒，而是你的對手報寫了些什麼內容，是不是有你漏掉的新聞，最後再回來檢視自己的獨家新聞。

一大早的新聞比較，自己有獨家，那麼可以偷懶的再回到床鋪上小睡片刻；如果漏失新聞，心情沈悶，還得擔心長官打電話來「關切」，睡意自然消散了。

九點多，再懶的記者都不該再賴在家裡。先到採訪對象處報到，或者依前一夜新聞對象提供的長官行程，了解有無隨行之必要，如果沒有這些「制式行程」，多找一些新聞對象聊天，打探各種日後可能發展的新聞。

晚報的記者，最晚在上午十一點，一定要發稿，否則下午一點半的截稿，時間上會來不及。

中午十二點，或許是用餐的時間，可是各媒體界長官，為了掌握新聞的發展，這時候會有新聞初報的要求。初報的好處，在於長官如果認為有發展性，提早指點主稿方向、配稿內容、圖片、表格等規劃，那麼一整個下午，就夠記者忙得不可開交。

平面媒體真正聚焦的時間，會在下午四點，這時兩點半出爐的晚報，已陳列在日報編輯台上，有何熱火新聞、國際要事，再加上中午十二點的各地匯報內容，約在下午六點前構成次日新聞版面的雛型。

下午四點，媒體記者會在各地辦公室，或者新聞機構提供的記者發稿區撰稿。網路時代的 MSN、Skype 即時通，是記者互通有無的工具，這可以避免電話中談論新聞，被其他媒體所盜走；總社的任何指示，也可以透過這種方式下達命令。

負責行政部門的記者，在下午六點過後，或可收拾行囊回家發稿。不過，社會新聞線的同仁，可要記得「愈夜愈美麗」的教訓，很多社會新聞是在下午過後才會爆發出來，例如金融機構搶案，最常發生在下午三點半的關門時刻，甚至於晚上十點過後的酒酣耳熱的開槍殺人示威。

所以社會線上的記者，下午過後的採訪工作，才是一天的重點時刻，一直到深夜兩點半，平面媒體截稿時間為止。下午到上半夜，這樣的時間裡，競爭都是存在的。只有截稿過後，平面媒體記者採訪工作才會暫時鬆一口氣，真正的踏上歸途。

## 二、電子記者

電子媒體（電視、廣播甚至於網路）記者的工作時間，大抵是從上午六點，到次日凌晨一點收播，為最重要的工作時段。也因為這些媒體，有整點調整播出的必要，電子媒體記者的隨採隨播，比平面媒體要求的更嚴格，尤其畫面、聲音的掌握，絲毫不能閃失。

電子媒體的長官們，在上午六點前，會先進入公司檢視當天的平面媒體，有哪些新聞可以追蹤；再來是觀看昨天的新聞收視率，了解那一個時段的新聞受好評，可以挑動觀眾的心，這類的新聞就是賣點所在，電子媒體記者就要追這類新聞。

所以電子媒體記者，在上午八點前，幾乎是在待命中，接受長官的重點任務指派，新聞清淡時，才有機會到固定機關走動，或者就長官交代的沒有時間性新聞、專題，進行個自的採訪。

電子媒體記者有時還會扮演類似狗仔的行徑，依長官指示，守候在特定地點，一定要拍到當事人，說了什麼話才可罷休。

電子媒體記者重視畫面與聲音，使得他們必需守在 119 救災中心，隨時陪消防人員出勤救災，取得第一手的畫面，目前最常見的第一手畫面，火警畫面往往最逼真。

可惜的是，國內電子媒體記者，常受到平面媒體的牽引，工作時間受擠壓，比較少能自我開發獨家，電子媒體記者的獨立思考空間，是可以加強。

## 第三節　記者角色的認知

對於記者工作不了解的民眾，有時會因記者時常站在新聞最前線，而被那種氣勢所懾心生羨慕。但若真要走進這一行，對記者角色宜有以下的認知，才不致形成落差過大而難以適應。

### 一、記者擁有的光環是一時

記者因採訪上關係，多數受訪者對記者十分客氣，即使是高官，也對記者多所禮遇。但有時就會讓記者自以為高人一等，而對受訪者缺乏尊重。但事實上，這些備受尊崇的光環，只是因你代表的媒體所給你的工作才得到的，並不是真的是記者本身的表現所獲得的，當你摘下記者頭銜時，可能一切都不復存在。

## 二、記者是一個良心事業

這份良心包含對閱聽眾及服務的媒體。對閱聽眾而言，記者要提供社會發生的大小事，在報導中如何是有助於公眾的、無害於公序良俗的、不會傷人隱私的……，都有賴記者手中的那枝筆。對媒體而言，記者若真要渾水摸魚，以現公關新聞稿的氾濫，只單純的當個「記」者，日子也是可以過的。但真想服務社會報導出精彩的新聞，就必須認真、有良心的對待這份工作。

## 三、記者是個窮忙族

這個新名詞用在記者身上真的是十分貼切，以記者每天的工作時間及工作量來看，相對於得到的薪資報酬是不成比例。在媒體大量開放之前，記者的薪資應稱得上中上水準，但現在媒體競爭激烈，加上許多媒體經營出現瓶頸，使得記者的薪資已不若往昔，使得記者在投注相當的時間、精力後，得到的實質收益有時讓人洩氣，時常支撐記者繼續的動力，就是對新聞工作的熱忱。

## 四、記者地位不若以往

雖然有人稱新聞業是「製造業」、「修理業」，甚至「屠宰業」，基於記者在新聞專業上的努力，對記者都還抱持著「敬畏」的態度，當然是同時具有「敬」及「畏」。但近幾年下來，在媒體激烈的新聞競爭下，新聞報導走向膚淺化，同時狗仔文化入侵，更使得閱聽眾對記者的印象丕變。對部分民眾更將記者與狗仔劃上等號，這對記者是很大的傷害。

# 第四節　記者工作的收穫

在知道記者工作的真實面，對記者角色有進一步了解後，或許有人會打退堂鼓，或許會產生疑問，那當記者有什麼好？事實上，這份工作因它具有的特殊性，使得它的工作收穫也與一般工作有著極大的不同。

## 一、可以接收到第一手消息

更貼切的形容是記者是走在歷史中，時時在見證歷史。這種訊息的取得不僅是政治、經濟、科技，甚至生活、消費，記者都可以透過採訪得到最新的資訊。在接受最新、最快的訊息時，時常會讓記者的眼界更為開闊，學習成長都會較其他行業來得多及快。

## 二、提供社會話題的成就感

社會很多資訊、話題都是靠記者在採訪、報導後成為民眾關注的焦點。尤其當記者報導的議題是有助於人民福利、社會風氣、政策擬定等，真會覺得自己是是執正義之筆、行正義之舉，那種成就感會讓人感受到記者工作崇高的一面。

## 三、接觸層面廣，生活多變化

不可否認的因採訪工作的需要，記者每天所要接觸人、事、物都會較其他行業來的多，在工作中也常因不同的新聞事件要採訪不同的人、事、物，這自然會使記者的生活較具變化。

## 四、多重學習的行業

這應該說是記者工作最有收穫的部分。因為記者工作雖說是採訪及寫作，但重要的是要採訪寫出什麼「內容」，而這個內容部分是記者除了傳播專業外，在工作中最具挑戰性的地方，即記者在採訪寫作之外，一定得大量吸收採訪路線上的專業，使自己在該路線上成為專家。這也使不少記者能透過採訪而再專精於另一個專業，這等於是媒體給你薪水還讓你學知識呢。

# 第五節　記者工作探討

對於有心投入記者工作者，時常會關心以下的問題。

一、當記者文筆重不重要？

記者是靠拿筆工作的人，很多文筆不好的人會擔心不適合擔任記者。其實記者的文筆也可分好幾個層次——信、達、雅。最初階就是「信」，也就是可以明白的寫出信息內容。因多數的新聞報導都是採訪得來，所以大都有他人說話的內容，甚至是提供的書面資料，記者的工作就是將這些內容，分析其新聞價值後，依新聞報導格式撰寫出來即可。再來就是「達」，到這個階段，如何更有條理、層次的表達出新聞的重點及內涵是要著重的部分。最高層次就是「雅」，即能用優美文字呈現出新聞報導內容，讓閱聽眾能更輕易的擷取到新聞資訊。而以信與達的層次，文筆並不是很重要的，但如果要做到雅，那就需要有些文采了。不過，以現在的文字能力而言，如何用正確的字眼、不要太多的錯別字出現在新聞稿中，才是首要要做到的事情。

二、語文能力重不重要？

以現在全球化、國際化的趨勢，任何一個行業都會著重語言能力。即使是你只想「立足台灣」，別忘了對本土語言的訓練，尤其是台語及客語，其實在很多採訪的場合，台語常是主要溝通的語言，對於基本聽說能力一定要有。若你想「放眼國際」，那外語能力自是不可少，其中最基本的就是英語能力。英語能力並不是跑外交路線才需要，即使如體育、醫藥、財經，有時吸收外電資訊，靠得就是外語。當然，如果除了英語還有其他種語言能力，有時當機會來時，你的語文能力就成為勝出的關鍵。所以有心從事記者工作者，宜加強自身的語文能力。

三、記者一定要傳播科系畢業？

在業界事實上是有很多記者並不是傳播科系畢業的。對於這種情形，一些念傳播科系的學生都會很焦慮，認為既然別的科系的學生也都可以跨足來當記者，那念傳播當記者的優勢何在？以大學四年的傳播教育當然仍會訓練學生傳播的專業，這部分尤其在新進入媒體這個行業時，自會使傳播科系畢業的學生比較快進入狀況。但由於新聞要採訪的各行業各有其專業，當要深入了解問題時，有時本科系的學生就會比較吃香。所以，在大學時都會鼓勵同學多涉獵不同領域的專業，為自己預做準備，再憑藉著傳播新聞感訓練的配合，仍會使傳播科系的學生有突出的表現。

四、記者的出路？

很多人覺得記者的工作不能做一輩子，這全是個人的決定。事實上還是有不少人對記者工作懷抱熱忱，對於跑新聞一直有濃厚的興趣，將記者工作當做終身職志的亦大有人在。記者工作經歷足夠，媒體本身也有不少行政職務可以升遷，所以記者也是可以在媒體轉入行政管理職。另外，記者在跑新聞時大都會對主跑路線用心經營，一般都可以累積不少人脈，若想轉業，時常會利用這些人脈及在路線上得到的專業，投入相關的工作。如成為公關人員。

五、記者與親友的互動較少？

由於記者的工作時間長，且工作時間不固定，的確會發生與親友的聯絡、接觸變少。但另一方面，記者工作時間相對比較彈性，有時就得多利用空檔、瑣碎時間和朋友、家人相處，以維繫感情。這部分主要仍是要看個人的經營。

在對記者工件有了初步認識後，可以思考一下自己想要當什麼樣的記者？接下來就是開始接受相關專業技能及專業知識的訓練，向目標逐步前進。

## 【思考問題】

1. 面對現在的狗仔文化當道，你認為記者應如何扮演好自己的角色。

## 【實作作業】

1. 請試著找到一名記者，與他談談記者甘苦，及他對後進者的建議。

## 【參考書目】

方怡文、周慶祥（2003）。《新聞採訪寫作》。風雲論壇。

王洪鈞著（1991）。《新聞採訪學》。正中書局。
石麗東著（1991）。《當代新聞報導》。正中書局。
李子新譯（1992）。《報導之前——新聞工作者採訪與傳播的技巧》。遠流出版社。
李利國　黃淑敏譯（1995）。《當代新聞採訪與寫作》。密蘇里新聞教授群著。周知文化出版。
沈征郎（1992）。《實用新聞編採寫作》。聯經文化出版社。
馬西屏（2007）。《新聞採訪與寫作》。五南書局。
康照祥（2006）。《新聞媒體採訪寫作》。風雲論壇。
張裕亮主編（2007）。《新聞採訪與寫作》。三民書局。
郭瓊俐、曾慧琦譯（2004）。《新聞採訪》。五南書局。
陳萬達（2001）。《現代新聞編輯學》。揚智文化。

# 第二章　新聞採訪技巧

邱郁姿　編寫

對一般非傳播科系或非從事新聞傳播工作者的人而言，也許會很奇怪，為什麼新聞需要「採訪」呢？新聞不是就看到發生什麼事報導出來就行了嗎？其實不然，簡單的說，新聞需要透過採訪去了解事情真相、過程及背後原因的過程。

好的新聞報導一定要來自好的採訪過程，要如何問的好、問的有深度，也考驗著記者的事前準備及現場應變能力，因為每次的狀況都不同，採訪和報導是沒有一套「公式」或「標準答案」的，一位傑出的記者除自己要努力不懈，更要在錯誤的經驗中學習反省。

在採訪過程中的每一個環節，也都關係著是否順利完成任務及報導的品質，所以記者隨時都要提醒自己「什麼是讀者想看的？」、「什麼是有報導價值？」，對事情永遠保持「好奇心」，因為好奇是記者在採訪時要具備的最基本精神。

## 第一節　採訪前的準備

「為什麼是這樣？」是記者要常常問自己的問題。所以記者在採訪時，更應該有這樣的敏感度，並強化自己的新聞鼻，使新聞題材更多元，內容也更加豐富。

在做任何採訪前，不管是資深或新進記者，都應事前做充分的準備，千萬不可以「裝懂」，尤其是專業知識的問題上，一定要事先找資料並準備好問題。而收集採訪線索及資料的方法很多，除傳統的閱覽報章雜誌、聽演講、看展覽，甚至請教前輩。只要資料收集得越齊全，採訪內容就越充實。

## 一、找尋新聞線索

1. 官方發佈訊息：有很多政府或大型公司等單位，都可能會設有新聞處或公關室，會固定發佈新聞稿或採訪通知給記者；另外在該單位的官方網站上也會提供許多消息，例如總統府網站上的總統行程、國防部軍事發言人室所發布的資訊等，都記者是採訪新聞時重要線索。
2. 參加各種活動：當記者一定要很勤勞，除參加記者會外，其他包括產官學界研討會、大型國際論壇、新書或產品發會表、電腦展、發明展、藝術表演及選美等活動，都可以得到許多訊息資料，從中可以發掘新聞點。
3. 培養消息來源：記者在採訪路線上長期經營下，通常會培養自己的消息來源，除了路線上主要的重要關係人外，其中像「秘書」、「總機」或「警衛」等都是很重要的新聞「線民」。
4. 在網路上搜尋：隨著網路媒體的發達，電腦網路上的資訊已成為最重要的新聞消息來源，只要多多善用網路的「關鍵字」搜尋，可以快速找到國內外相關資料。另外，這幾年國內外各大電子報、BBS 及 BLOG 等網站上的訊息也是重要的消息來源管道。
5. 民眾投訴及爆料：現在不管是平面或電子媒體為服務讀者及觀眾，紛紛提供電話或 e-mail 信箱歡迎民眾投訴，這幾年甚至開始有民眾用手機或 DV 拍下影片投訴媒體的情況，這樣的消息管道已成為媒體繼續追蹤的重要消息來源，間接也開始引發「全民記者」的觀念。

6. 從新聞中找新聞：許多重要新聞也可能是從新聞中發掘的，有時可以從其他新聞媒體報導中再找出新的採訪點或進一步追蹤新聞，所以記者每天讀報或看新聞是很重要的工作，也可以蒐集相關新聞線索資料。

## 二、了解背景資料

在採訪前查詢並了解新聞背景資料是非常重要的準備工作，其中包括被採訪單位的組織、所負責的業務及業務主管人員的背景等都應有所了解；同時，針對事件的始末、牽涉的關係人或相關法令規章等，也都應先做好通盤的準備。

對於大型預知的採訪任務，例如總統大選或立委選舉等活動，在採訪前就應該做好全盤性的準備，包括候選人學經歷、過去的引發話題、地方政績、施政滿意度、照片影像，甚至政治勢力版圖等資料都要事先收集，以便在選前或選後採訪時，有充份採訪及報導資料。

另外，到海外採訪時，由於人生地不熟，在採訪時又可能有時間壓力，所以如果能事前收集當地或採訪任務背景資料，也就較順利完成採訪工作。

## 三、擬採訪大綱及問題

不論是資深或新進記者在採訪前都應先擬定採訪大綱及問題，先想好要深入的重點，並事先做好沙盤推演，不管受訪者回答什麼，都應該想好下一個繼續問的問題，當然更應在採訪時問出相關的問題，以免讓受訪者感到不知所措。

但如何擬採訪大綱及問題呢？首先一定要將採訪的重點及主題，化為每一個採訪問題，可依最簡單的 5W1H 作為基本思考方向，在配合已收集到的相關背景資料，詳列出採訪大綱及問題，在列問題時建議不妨也可以從一般讀者的角度出發，多問「為什麼」，多思考事件的背後重要性及影響性，因為記者的重要職責之一就是幫讀者找答案。

當然在列出問題後，可依問題的重要性加以調整順序，儘量不要一開始就問太過私人或敏感的問題，以免受訪者感到不悅而遭拒答；另外，在問問題的語氣及用字上也要格外小心，除基本的禮貌外，也應儘量避免讓受訪者有咄咄逼人的感覺，所以在問問題時應加以修飾。

雖然事前已擬定採訪題綱，但身為一位專業記者一定要能從受訪者的回答中再繼續追問，並集中問題焦點，針對核心問題以不同方式或問題讓受訪者回答。

## 第二節　採訪型態

### 一、電話採訪

電訪採訪是記者們最常用的方法之一，有時會因為截稿時間緊迫，或無法馬上見到受訪者本人，這時電訪就成了最方便的採訪方式，尤其在現在國內外手機通訊非常便利的情況，採訪幾乎不受限地點和時間的限制。

## 二、專訪

針對某特定人或特定事件主題，會特別約定一個較長時間並較深入的面談，例如人物專訪。

## 三、記者會

這類新聞經常是由主辦單位主動通知記者採訪，所以通常有很明確的主題及目的性，例如政府單位的例行記者會、產品上市記者會、電影上映記者會等，一般在記者會結束後會開放時間給媒體發問，但記者通常也較難在記者會現場直接問到較深入的議題。所以記者若想要有獨家消息，通常不會直接在記者會上發問，反而會在記者會結束後再私下採訪。

## 四、突發事件

在新聞採訪過程中，很多新聞可能都是突發，記者要 24 小時 on call，例如地震、空難、火警等重大災難，通常這也考驗記者體力及平常所累積的採訪功力，記者要在最快時間內趕到現場並開始進行訪談，也因為可能在毫無準備的情況下就要開始採訪，所以現場警方、檢方、目擊者、救難者及家屬等相關人都是重要採訪對象，從中發掘許多新聞故事。

# 第三節　進行採訪

## 一、如何開始採訪

實際採訪時，記者最好能比約定時間早到，先觀察週遭的環境，調適自己的緊張情緒；若時間予許則不一定一開始就發問，可先進行簡單的交談，談些輕鬆的話題來暖場，等到雙方都較熟了或準備夠了，再開始訪談。另外，也可以先聊聊共同認識的人，先拉近和受訪者的距離，並讓對方感受到有作好準備，得到受訪者的信任，雙方對談才能輕鬆愉快。

## 二、開始進行訪談

1. 提出好問題：在採訪時問「好問題」及「對問題」是決定採訪成功與否的關鍵，因為亂問問題不但無法達到採訪成果，並讓受訪者感到不受尊重，更可能會看輕記者，而這樣也顯示記者採訪工作的不專業及不負責任。

   所謂好問題，簡單的說就是不要讓受訪者只回答出「是」或「否」的答案，而是要能讓受訪者侃侃而談出整個過程，所以通常會用「為什麼」、「如何」或「請舉例說明」等問法，希望受訪者能詳述說明。

   當然也因為好問題是需要事先準備的，所以記者可能對問題的答案已有些許了解；同時在問問題時也應多站在受訪者的立場思考，避免有一些不恰當的問法，例如問「罹難者家屬心情如何」？

2. 從回答中再追問：雖然記者在訪談前都會事先想好或準備好問題，但一定還有遺漏或不足的地方，尤其是在受訪者的回答中可能會發現新的採訪方向或重點，所以從受訪者回答中懂得再繼續追問是一件非常重要的事，許多具有新聞價值的新發展，都可能是事前無法得知，而是在訪談中才知的重要線索，因此只有任何疑問都應該馬上再追問清楚。
3. 問「時間」及「數字」：在新聞中，數字通常是具有新聞價值及吸引閱聽眾目光的，所以在訪談時，一些重要的時間點及數字都會變成很重要的問題。例如地震發生在幾點幾分？強度多少？造成多少人死傷等？
4. 在訪談中找「故事」：隨著環境改變，閱聽眾的喜好也開始有變化。過去大多以新聞事件報導為主，現在具故事性的題材已成為大家較喜歡的內容，所以在訪問時需要開始尋找一些背後的故事，例如過去也許只會單純報導重大車禍事件的死傷，但現在會希望能訪問到一些死傷者背後的故事，包括死者家屬的生活、特殊身份等等。
5. 機會是給準備好問題的人：記者訪問並非每一次都是約好或事先安排好的，因為也許只有短短 1 分鐘，或是巧遇受訪對象，只要有機會都不該放棄任何採訪機會，這也是搶得獨家新聞唯一的好方法，所以自己隨時都要準備好至少一個的「關鍵問題」。

## 三、受訪者最後補充資料

雖然記者在採訪前已準備好問題或訪問中也會追問，但可能還是會有忘掉或遺漏的地方，所以採訪結束前最後別忘了可以問受訪者——「不知道您還有什麼需要或可以補充給我的嗎？」這也讓受訪者回想或整理一下自己所回答的是否完整，記者也給藉機檢查自己一下採訪是否有缺失。

## 第四節　採訪時常遇到的困難

### 一、屢遭拒訪

在採訪過程中並非每一次都是很順利的，被受訪者拒訪是經常且在所難免的事，但當記者一定要有「愈挫愈勇」的精神，不可輕易放棄。這時可以改變策略，找其他認識的長官或朋友幫忙引見，或利用傳真、e-mail 很誠懇地把問題先告知受訪者，或者親自登門等到受訪者為止，所謂見面三分情「用誠意感動他（她）」，以達到採訪目的為目標。

### 二、答非所問

在採訪過程中，一定會遇到受訪者答非所問或長篇大論的情況，此時身為一位專業記者，不管受訪者如何天馬行空的講，有時可能要適時禮貌性的打斷對方談話，並再一次回到所設定好的採訪的主軸問題，甚至於同一個問題再問一次，若受訪者仍不願正面回答，則訪談過程也可作為描述報導。如果感覺到受訪者好像是不了解問題，也可以試著以舉例的方式來讓受訪者了解，或者換個角度或問法再切入，讓受訪者跟著記者的問題，得到想要的答案。

### 三、似懂非懂

在採訪的主題中，有時記者會遇到很專業或完全沒有接觸過的事件，所以有時受訪者的回答會讓記者似懂非懂或完全聽不懂，這時千萬別不好意思，可以用民眾也可能不懂的理由，可再禮貌性的請受訪者解釋一次，或請受訪者以較簡單的語言或例子來說明，當然記者在事先及事後都要再次查明清楚以免報導錯誤。

## 第五節　採訪時其他注意事項

### 一、狗仔作風小心觸法

這幾年隨著壹週刊及蘋果日報來台創刊，在採訪及報導內容上也和過去傳統報大為不同，隨之而來的「跟監」、「偷拍」或「放蛇」的採訪方式愈來愈多，但這樣的採訪手法也常引來很多「侵犯隱私權」的問題，在採訪的分際上是記者要特別小心謹慎處理的。

### 二、內容應多方求證

在採訪時千萬不要只相信單一方受訪者所說的內容，一個專業的記者要有足夠的判斷力，另外也可透過多方的採訪查證內容，以免落入被受訪者利用或傳話的工具，更有可能因為錯誤的報導吃上官司。

## 三、切記截稿時間

截稿時間對新聞媒體工作者而是非常重要的，因為採訪得再完整或寫得再好的新聞，若趕不上截稿時間而無法呈現在閱讀眾前，則一切都是枉然白費，所以一位優秀的記者也一定會謹守截稿時間，在截稿前竭盡所能的完善處理新聞，若時間真的來不及，做新聞也一定要有取捨及備案，做截稿前最後所有能做的準備及處理。

## 四、是否可以錄影與錄音

在採訪前應事先徵詢受訪者的同意，並確認在採訪過程中是否可以錄影及錄音，因為採訪內容的影音資料取得也是新聞正確性與否的重要佐證，若日後對報導有爭議糾紛，便是訴訟時重要的證據。

## 五、採訪後的再度對話

新聞一旦發布，社會大眾會在媒體中得到訊息，受訪者對受訪內容及記者的寫法可能會有所不滿或誤解，所以記者一定要先於其他人和受訪者對談，看對方有何反應或是否有何缺失？可不可以再補救或補採訪？或是可以發展出更多後續新聞。至於好的反應與影響不但可以鞏固記者與受訪者之間的信任及友誼，還可能建立新聞關係，未來有任何這方面領域的資訊都可以透過受訪者查證或再找到新線索。

## 【思考問題】

1. 如何蒐集採訪新聞線索？
2. 採訪前應該做哪些準備？
3. 有哪些採訪型態？應如何進行採訪？
4. 採訪時會遇到哪些困難，如何解決？
5. 採訪時有哪些相關注意事項？

## 【實作作業】

1. 請同學自行選擇一則學校新聞，列出採訪問題大綱及受訪者，並實際去採訪作一則 600 字的校園新聞。

## 【參考書目】

方怡文、周慶祥（2003）。《新聞採訪寫作》。風雲論壇。
郭瓊俐、曾慧琦譯（2004）。《新聞採訪——第一線採訪手邊書》。五南書局。

# 第三章　新聞寫作要素

邱瑞惠、蕭耀文　編寫

## 第一節　新聞寫作的特性

純淨性新聞寫作是媒體寫作中的根本方式，而這種寫作是以倒金字塔結構來陳述一則新聞事件，因為倒金字塔寫作結構是記者最容易去控制新聞內容及篇幅的方式，同時它對讀者來說也較為簡潔易懂。

這種寫作形式是新聞工作者在長期的工作實踐中逐漸形成的，在二十世紀初才比較普遍。在這之前，記者的寫法並不是那麼直接了當，像是 1869 年，《紐約先驅報》的記者亨利・史坦利去非洲尋找著名探險家兼傳教士戴維・利文斯通（David Levinstone），當史坦利成功找到這個失蹤六年的探險家時，他描述會面的新聞稿第一段是這樣寫的（Brian S. Brooks 等著；李利國，黃淑敏譯；1995）：

> 僅僅過了兩個月，我的感情發生了多大的變化啊！就在兩個月前，我在精神上是多麼煩躁不安啊！當時我的希望是多麼的渺茫啊！

在類似這樣情感抒發的幾句之後，他才寫：

> 對所有這一切的唯一回答是，現在，英雄般的旅行家利文斯通就在我身邊。

這樣的寫法會讓讀者在第一段中仍不知道發生了什麼事，失去興趣繼續再閱讀下去。所以若是今天的記者會如此寫：

> 失蹤六年之久的傳教士兼探險家戴維·利文斯通，目前在非洲坦葛妮湖畔的一個村莊裏，和當地土人一起工作。

之所以形成這種倒金字塔的形式，主要原因可從讀者和編輯的角度來分析：

## 一、從讀者角度

讀者在面對今日繁多的資訊來源時，隨時有可能因為外務侵擾而無法繼續使用媒體，所以記者有必要將新聞最重要的成分放在第一段，使讀者能立即得知新聞重點。

## 二、從編輯角度

因為一份報紙的版面有限，編輯在排版時為了符合版面的容量，有時就必須對新聞稿加以刪減，而倒金字塔式的寫作方式可以讓編輯從新聞的尾端開始刪節，既能在截稿壓力下節省時間，又能保留新聞的菁華而不致使內容受影響。

因此倒金字塔形式新聞稿的寫作方式，就是將事件中最重要的成分放在第一段（導言），再就其重要性依序陳述下來的材料。

以過去曾發生的火災重大事故來說，記者要如何處理死傷慘重、危害居家安全的新聞？當天若是新聞素材非常多的情況下，記者要如何以倒金字塔寫作方式寫開頭的導言？其實，不管任何新聞，記者有一個方法可以決定他的導言要如何處理，就是得站在讀者角度設想：即對讀者來說，最重要的是什麼？因此，起先得了解火是什麼時候燒起來的？什麼時候報的警？誰報的？怎樣報的警？消防隊過了多久才到達？花了多少時間才撲滅？有沒有造成傷亡？肇事原因？經由這些基本問題慢慢抽絲剝繭來知道原因(過去有案例為因夫妻吵架引發妻子自焚而引起火災)。另因記者到現場目睹住戶逃生的驚險畫面，新聞素材很多、故事張力亦強，加上傷者分送各大醫院時，也可能暴露燒燙傷病房的不足窘況，記者處理這種重大事件，就必須找出最重要的關鍵角度做為導言下筆的內容。

## 第二節　新聞寫作中的「六何」

每個記者在撰寫一個放在新聞報導中的導言時，首先要思考的一件事，就是如何提供事實，來回答五個 W（What，何事；Who，何人；Where，何地；When，何時；Why，何故）和一個 H（How，如何），也就是六何。

新聞導言實際上無法完全並詳盡地回答構成新聞的六何要素，若全數寫出導言可能會顯得笨重而累贅，因此有時必須選擇其中最重要的幾個因素，甚至是其中的一個，放在導言中。所以記者初步寫新聞稿時，就必須熟悉並掌握這個原則。以下就六何一一舉例解釋。

### 一、何人（Who）

「何人」意指新聞事件中的主角。在一則新聞中，何人和何事常構成新聞的重心，因為談到一個人時，必定也會談到他所做的事。不過要是這個人物特別具有影響力時，則何人的重要性當然會勝過何事。所以若在何事或何人之間做一選擇時，就必須看這個「何人」是不是夠有份量。

【例一】素有「建築界諾貝爾獎」之稱的普立茲克建築獎，2008年得主出爐，由法國建築師努維爾（Jean Nouvel）獲此項殊榮！

【例二】香港媒體報導，中國二十位頂級富豪揮霍排行榜最近出爐，香港中信泰富有限公司董事局主席榮智健以奢侈度九十分高居榜首。

有時候，何人的重要性並不是因為代表某個人，而是來自於他所牽涉到的某類人（像是職業、宗教團體、性別、年齡等），或是有可能因其人數眾多而顯得重要。

【例三】數名在菲律賓留學的西藏學生及近三十名菲律賓支持者，今天中午在位於馬卡蒂市的中國領事館外舉行了近一小時的和平示威，譴責中國武力鎮壓西藏抗爭活動。

【例四】台中市向晴家庭福利服務中心輔導單親家長成立的「暖暖芽子烘焙坊」，用習得的手藝推出心型乳酪蛋糕義賣活動，期待各界送出愛心，幫助單親家庭也能歡度母親節。

【例五】中國大陸遭到暴風雪侵襲，廣東地區有高達1,120萬的外省民工人員不得不就地過年，返鄉過年的比例降至41%。

## 二、何事（What）

「何事」即為在導言中告訴讀者發生了什麼事。若在一則新聞事件中，發生的事情或行動很重要時，則在導言中就必須加以強調。

西藏拉薩騷亂事件餘波盪漾，據西藏自治部門宣稱，截至目前已逮捕犯罪嫌疑人四百一十四人。

上面的例子中，何事明顯比何人要來得重要。記者在寫稿時，可以在導言中省略消息來源的人名、犯罪嫌疑人的姓名，因為讀者不會對這些人發生興趣，他們想知道的是事件本身。同樣的情形如以下兩個例子。

【例一】英國專家警告表示，根據最近研究指出，人類如果一天攝食五十克精製加工肉如香腸，罹患腸癌的機率增加20%。

【例二】宜蘭今凌晨一名員警酒後駕車撞毀民宅，民眾指證，前來處理的警察同僚不但威脅民眾要私下解決，甚至還打傷前來搶救的附近住戶。

## 三、何地（Where）

「何地」為事件發生的地點。以「何地」為重點的新聞，多半是公告的性質，例如各種座談會、演奏會、比賽。或是災難事件中，也會特別強調地點。

【例一】新光人壽慈善基金會與台灣世界展望會舉辦的「關懷愛滋遺孤音樂會」，因原訂新光國際會議中心人數容納有限，改在台北小巨蛋舉行。

【例二】根據印尼地震監測機構測定，當地時間 5 月 30 日 5 時 33 分，印尼中爪哇省惹市附近發生里氏 6.2 級地震。

【例三】台北市這個週末，有多場集會遊行活動，包括明天上午萬華區有一場「底層婦女要就業車隊大遊行」，下午台北市縣則有車隊遊行，另外慶祝婦女節相關活動，中山南路、立法院周邊也有集會遊行，提醒民眾注意。

## 四、何時（When）

「何時」是指事件發生的時間，在某些情況下，也可能具有重要性。

【例一】光泉為慶祝王建民代表紐約洋基隊主場開幕戰先發、回饋棒球迷，今天中午鮮乳免費送。4/1 中午 12 點於萊爾富旗艦店喊出「光泉鮮乳、天天喝、最健康」可免費獲贈光泉全脂鮮乳 1 公升。

【例二】五福皇宮飯店明（10/1）中午 12：00 起開賣五星級平價便當。

## 五、何故（Why）

「何故」意指新聞事件發生的原因，有時它也會成為新聞的重點。

【例一】因為被母親責罵功課不好，台南一位九歲女童在公寓外引火自焚。

【例二】一輛黑犬貨運公司大卡車，因司機酒醉並高速行駛，於清晨台中長理路撞死一名拾荒婦人。

## 六、如何（How）

「如何」導言即為描述一件事情發生的過程。在一則新聞中，「如何」較少成為新聞重要因素，較常是在新聞的後面逐步敘述。

【例一】一名年逾六十歲的錢姓商人，疑因經商失敗，日前割喉輕生，被送往新生醫院急救脫險，今晨他再度想不開，從醫院十三樓頂樓跳下，當場死亡。

【例二】下班不忘擒賊！新竹市分局警員下班時，正要趕回家看王建民投球，想不到在台大路天橋下，看見1名中年男子扛著電視小跑步，行跡可疑。上前攔查赫然發現男子是竊賊，偷了中古電器行的電視要變賣，當場將其逮捕。

## 第三節　新聞寫作注意事項

在撰寫新聞稿時，遣詞用字必須注意以下事項：

### 一、文體

新聞必須平實，忌諱使用抽象、誇大的形容詞；成語使用恰當，有畫龍點睛的效果，但不能濫用，更不可以亂創名詞。儘量用主動句，不用被動句，至於倒裝句，最好不要用。例如「畢業於銘傳大學」，不如寫「銘傳大學畢業」。另外，不要用西化的句子。例如：

⊙ 做為一個院長，他是失敗的，但是做為一個教授，他卻是成功的。（他是個失敗的院長，卻是位成功的教授）。

⊙ 國民黨對民進黨的建議，未做出任何的反應（國民黨對民進黨的建議還沒有反應）。

⊙ 台北市的交通有不少問題存在（台北市的交通有不少問題）。

⊙ 市議會國民黨團要大會對未曾審議過的條文進行覆議（市議會國民黨團要覆議未審議過的條文）。

刪去不必要的字：能少一個字就少一個字。例如：

⊙ 美國總統歐巴馬來台做為期五天的訪問（美國總統歐巴馬來台訪問五天）。
⊙ 金傳獎今天起辦理報名手續（金傳獎今天起報名）。
⊙ 定期舉行比賽（定期比賽）。
⊙ 辦理有關善後事宜（辦理善後）。
⊙ 給予災民必要的救濟（救擠災民）。

## 二、用字

⊙ 用大家常用的字詞，不用冷僻艱澀的字詞。
⊙ 用語務必平實，避免使用「最」、「甚」、「極為」等形容詞。
⊙ 不用「恭」字。如：恭請總統蒞臨訓話（請總統致詞）、其他如恭讀（宣讀）、恭請（請）、恭祝（柷賀）。
⊙ 不用「該」：該餐廳（這家餐廳）、該患者（這名患者）。
⊙ 少用「予」「予以」。如：不予同意（不同意），正予以密切注意（正密切注意）。
⊙ 少用「謁」字。「謁見」、「晉謁」、「拜謁」、「晉見」，專用於對總統。其他場合可用「拜會」、「拜訪」、「會見」等。
⊙ 不用「親臨」、「蒞臨」及「親自主持」、「親自接見」、「親自出席」。
⊙ 「人生七十古來稀」，以前的人壽命短，如今長壽許多，因此，對七十歲以下的人，不用「老」字。

## 三、日期、時間

⊙ 報導國內事務，請用中華民國年曆，不用西元。
⊙ 寫「星期一」，不用「禮拜一」。

⊙上午八時前算「早晨」，下午六時後可說「晚上」，餘的用「上午」、「中午」、「下午」或「清晨」、「凌晨」、「深夜」區別。

⊙提到時間用下午二時、晚上七時，不說「十四時」、「十九時」。

⊙注意時態，以見報日期為準，寫「今天」、「昨天」或「明天」，其他日期應寫明日期，不說「大後天」，或「日前」、「前日」，也不用「星期X」。

⊙與讀者切身有關事項，像納稅截止日期或停水、停電，都必須加註明確的日子。如明天（十六日）台北市部分地區停水……。

## 四、數字

⊙新聞內容須分項列舉時，寫一、二、三……（如果橫排媒體，則用1、2、3……，）不寫（一）（二）（三）……。以求劃一，並省篇幅。如大項之下再分小項，寫：一、………　……　……。使條理分明。

⊙兩位數字寫「十一」、「三十四」，不寫「一一」「三四」，以求明確。

⊙寫百分比，要用「百分之XX」，不是「xx」，如「百分之八十五」，不寫「八五」。

⊙體育新聞中，田徑、游泳等競快的項目中，若小數點後有兩位數字，表示是採電動計時。如一百公尺跑十秒五○，這在改稿時不可隨便改為十秒五，讓人誤以為是採手按計時。又，千秒五○，不可寫成十秒五十；一分零秒六三，亦不可寫成一分零秒六十三。

⊙科學及醫藥新聞中，有些數字的使用有特殊規定，寫稿時應遵守規定。如人口出生率皆以「千分之 XX」為計算標準，不可自以為是，改為「百分之 XX」。

## 五、度量衡

⊙儘量使用公制。
⊙注意公制與台制的區分，務必寫明「公斤」或「台斤」，「公尺」或「台尺」。
⊙寫「公尺」、「公寸」、「公分」、「公釐」，不寫「米」、「分米」、「釐米」、「毫米」。
⊙寫「磅」，不寫「英磅」；寫「英兩」，不寫「盎斯」。
⊙英國的貨幣是「鎊」，不是「磅」。
⊙寫「海里」，不寫「浬」，更不可寫「海浬」。
⊙「PPM」是百萬分之一，「ppB」是十億分之一。在新聞報導中首次提到應註明。

## 六、人名及職稱

⊙新聞第一次提到某一人物時，應寫出他的職銜或身分，並用全銜全名，不可一開始就用簡稱。例如：考試院院長關中（關院長）。
⊙全銜全名同用時，職銜在前，姓名在後，如稱「行政院院長吳敦義」，不說「行政院吳院長敦義」或「行政院吳敦義院長」。
⊙若干人同一職銜時，職銜在前，名單在後，例如「立法委員王金平、陳建中、蔡同榮等」，不寫「王金平、陳建中、蔡同榮等立法委員」。

⊙ 在姓名之後不加「先生」、「小姐」或「女士」。

⊙ 寫「張太太」、「李太太」，不寫「張妻」、「李妻」或「張夫人」、「李夫人」，也不要寫「張某」、「李某」或「張婦」、「李媼」。

⊙ 博士學位可以用來當作一種頭銜，碩士和學士則不可。如「李遠哲博士」，而不可有「張三碩士」或「李四學士」。

## 七、地名及機關名稱

⊙ 「省」「縣」「市」，應寫全名，如「台灣省」、「台北縣」、「高雄市」，不簡寫「台省」、「北縣」、「高市」。

⊙ 外國地名，除大家所熟知的，第一次提到時，應寫出國名來，如泰國清邁。

⊙ 報上提到「本省」時，大多是錯誤的。因為，台灣省並不包括台北市及高雄市。任何一件事涉及台灣省及台北市、高雄市時，應寫「台灣地區」；如涉及台灣地區和金門、馬祖，則寫「台閩地區」。一些地區性的活動更不宜濫用「全國」二字。

⊙ 機關團體名稱在新聞中第一次出現時，應該用全名，除了確為一般人所熟知並能接受者如「農委會」、「經建會」、「安理會」等等，不宜用簡稱。

⊙ 政府機關，名稱並不繁冗，不宜再簡略。例如「台灣省政府」不稱「台省府」，「教育部」不稱「教部」，外交部不稱「外部」，內政部不稱「內部」。

⊙ 各單位的簡稱，必須用各單位自行使用的，不可自創。如海峽交流基金會簡稱「海基會」，不可稱「海交會」；公平交易委員會，稱「公平會」，不能用「公交會」。

## 八、標點符號

⊙ 點號「，」分開並列的詞語或子句，用點號。點號又稱為「逗點」或「逗號」。

⊙ 句號「。」用在一個意義完整文句的後面。

⊙ 刪節號「……」用在文句有省略或表示文意未完的地方。

⊙ 頓號「、」用在連用的單字、詞語、短句的中間。即文句中如有幾個連排在一起的名詞，可以用頓號分開，使其分明。但一個完整的短句子，裡面包含了兩或三個名詞，不必用頓號分開。例如：「中日關係」不必寫成「中、日關係」。

⊙ 分號「；」分號的用法，大致有三：（一）兩個獨立的句子，在文法上沒有連接，但在意思是相連的。（二）一個複句如有兩個以上的子句，其中之一已經用了點號，就可用分號來分開它。（三）句子中有平列或對上的句子時，可用分號將之分開。不過，有時不如用句號，更來得妥當。

⊙ 冒號「：」通常使用於直接引述，至於間接引用他人的說話或意見，則不用冒號，而用點號。例如：
他說，他不能同意。（對）
他說：他不能同意。（不用）

⊙ 引號「」、『』。引號一是標出直接引用他人所說的話，一是標出特別著重的一個專有名詞。在與冒號同時使用時，請注意：

銘傳大學發言人說：「我沒有評論。」（對）
銘傳大學發言人說：我沒有評論。（錯）
銘傳大學外交部發言人說：「他沒有評論。」（錯）

銘傳大學發言人說，他沒有評論。（對）

銘傳大學發言人說：他沒有評論。（不用）

除非引號中只有一個字、一個詞，在其他情形下，把最後一個「。」、「？」、「！」放在引號裡。例如：

甲問：「中華隊什麼時候回來？」（對）

甲問：「中華隊什麼時候回來」？（錯）

乙答：「明天下午。」（對）

乙答：「明天下午」。（錯）

切忌在引號內外重覆使用逗點、句號或問號等。

甲說：「生活在紊亂無序的台灣，有錢何用？」，他對家裡失竊非常不快。（錯）

甲說：「生活在紊亂無序約台灣，有錢何用？」他對家裡失竊非常不快。（對）

⊙ 問號「？」在文章裡，表示疑問的語句，用問號。但有時會用錯，請注意：

他不知道院長為什麼要罵他？（錯）

他不知道院長為什麼要罵他。（對）

院長為什麼要罵他呢？（對）

⊙ 驚嘆號「！」用在表示感歎、命令、請求、勸勉等文句的後面。寫新聞最好不用。

⊙ 破折號「——」破折號表示忽然轉變一個意思，或總結上文一小段意思，或作夾注使用。但在新聞稿中，應儘量少用。

⊙ 夾注號（）夾注號又稱為「括弧」，用來解釋或補充文中意思不足的地方。新聞中也少用為宜。

## 【思考問題】

挑選幾篇當天報紙上不同版面的新聞，以本章六何的概念，分析並比較它們的導言要素。

## 【實作作業】

1. 用以下的資料寫出六十字以下的導言，找出對大眾最有興趣知道的部份、覺得最重要的點來發揮。
   何事：拿出預藏剪刀刺頸，送醫幸無大礙
   何人：26 歲有毒品前科的小明
   何處：台北市市民路
   何時：星期三 9 日夜晚
   何故：求職碰壁，缺錢買毒品吸食
   如何：小明為逃避警方追緝，騎車冒雨一路蛇行，和警方展開街頭巷戰，約晚間 10 時 30 分撞上警車受傷，他不顧傷勢，衝入一旁超商倉庫躲避，揮舞預藏的剪刀，威脅警方別靠近，警方持槍制止，小明見大勢已去，猛然持刀刺頸部，警方制伏他後立刻送醫。
2. 說明以下的情況中有哪些重要的六何成分可以放在導言。

   信義區清潔隊隊員姚文達，三日上午在木柵焚化場作業時，姚員排完一側汙水後，未依照標準作業程序從車輛前方走至另一側排放汙水，反而直接從垃圾車後方穿越，傅姓駕駛並未注意，倒車將姚員撞落至貯坑，又將垃圾車上約 5 噸垃圾傾倒入貯坑。傅姓駕駛發現姚員不見，驚覺姚員可能掉進坑內後，立刻通報木柵焚化廠廠區，十餘人馬上跳進坑裡徒手挖掘找到姚員，並緊急將姚文達送往萬芳醫院急救，但姚員仍因傷重不治。北市府環保局長沈世宏事發後立即至姚文達清潔隊員家中慰問，並承諾姚員家中若有成員可接清潔隊工作，將第一優先聘用，讓因公殉職的姚員家屬維持家計，此外家屬另可領取共約5百萬元的勞工保險金及撫卹金；而環保局亦將追究相關人員行政疏失。環保局表示，垃圾收運車至貯坑作業時，都會要求清潔隊員應使用安全索，清潔車駕駛亦須配合做雙向確認檢查，而姚員未使用安全索扣帶程序，再加上傅姓駕駛倒車前也沒有做確認動作，才會造成此一憾事，雙方都有相當程度的疏失。沈世宏表示，意外發生，環保局將徹底進行勞工安全檢討，目前也研議緊急購置S腰帶由隨車隊員隨身繫帶，於焚化廠傾倒垃圾作業時，可立即扣上安全索，方便使用，並加強標準作業程序抽查，至於造成死亡意外的刑事及行政責任，都將一併檢討究責。

## 【參考書目】


沈征郎著（1992）。《實用新聞編採寫作》。台北：著者出版；聯經總經銷。

周慶祥、方怡文合著（2003）。《新聞採訪寫作》。台北：風雲論壇出版社。

李利國，黃淑敏譯（1995）。《當代新聞採訪與寫作》。Brian S. Brooks等著。台北：周知文化出版社。

林嘉玫等譯（2002）。《跨世紀新聞學》Jerry Lanson，Barbara C. Fought著。台北：韋伯文化出版社。

聯合報編輯部（1994）。《聯合報編採手冊》。台北：聯合報編輯部。

# 第四章 導言寫作

周兆良 編寫

新聞報導要出色，就要找出新聞的賣點，以免得閱聽大眾看完第一段就不想繼續看下去。在新聞中所謂的賣點，就是要設法把 5W1H 適當運用在起始的第一段裡，組成一個精簡的起頭，除了能吸引閱聽大眾外，也能讓人很快速的了解並接收到新聞重點。

一般來說，最常用的寫法就是倒金字塔型的新聞寫作。倒金字塔型寫作是為了讓閱聽大眾有效率的接受新聞資訊，但並不是要在第一段內就詳盡回答 5W1H，必須特別強調最重要的其中一個要點，也就是要在 5W1H 中，選擇一個最重要的元素，作為新聞第一句的開始。這也就是要試著找出自己最有興趣、認為對閱聽大眾最有影響的部份、覺得最重要的新聞點來發揮。

這個新聞起頭的第一段就是導言，而新聞導言寫得好不好，常常就決定了這則新聞是否受到編輯青睞的命運，因在編輯檯每天要處理的稿件太多，編輯多數會先看導言來決定是否採用，所以，導言寫作是新聞工作最重要的基本功。

# 第一節　導言的定義與源流

美國學者甘倍爾與華爾斯萊[1]（Campbell, L. R. & Wolseley, R. E.）曾在 1961 年出版的《如何報導與撰寫新聞》（How to Report and Write the News. NJ： Prentice-Hall.）一書中，提出四種基本的新聞結構：

1. 正金字塔式

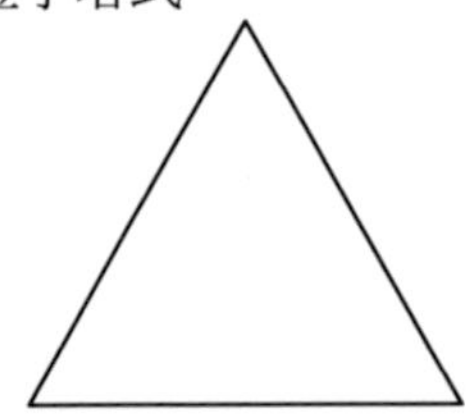

2. 倒金字塔式

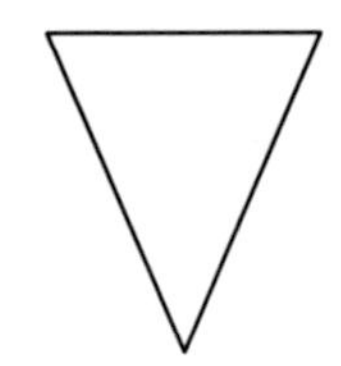

3. 背景報導

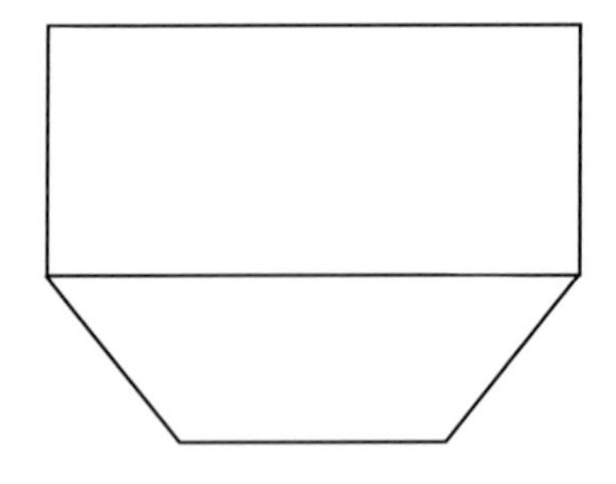

---

[1] Campbell, L. R. & Wolseley, R. E. (1961). How to Report and Write the News. NJ: Prentice-Hall.

4. 解釋性報導

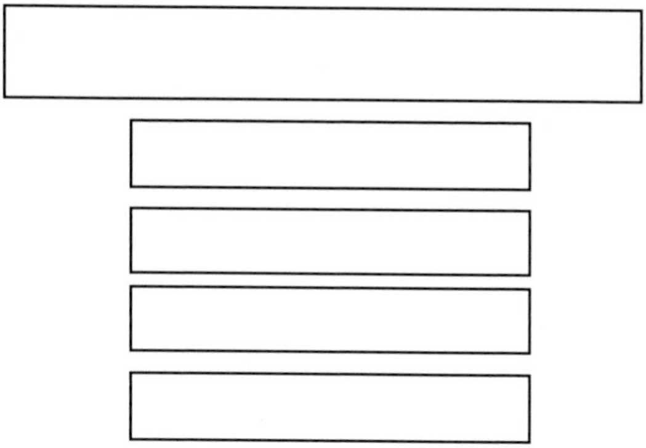

圖一　新聞報導的四種基本結構（Campbell, L. R. & Wolseley，R. E.）

這四種基本結構中以第二種的倒金字塔式（inverted pyramid），在純淨新聞報導中最為常用，一篇現代的倒金字塔式新聞報導通常分為兩大部分，導言（lead）與本文（body），導言指的是在新聞的第一個段落中，以最少的字數顯示全篇精華與重點，也被稱為新聞的濃縮提要，導言的作用在於引導閱聽眾進入新聞本文，好的導言即使將導言以外的段落刪除，閱聽人仍可了解這則新聞報導的主要重點。

導言的誕生起源於美國的戰地新聞報導，美聯社在美國南北戰爭期間（1861-1865），供稿的各報社的報導，特別是美聯社在 1865 年 4 月美國總統林肯遇刺身亡的一連串電訊新聞中，連續使用倒金字塔式寫法，如第一則電稿中的導言為「（美聯社四月十四日華盛頓電）總統在此間一家戲院遇刺，可能傷及要害，生命挽救不易。」但數十字已清楚說明重點。

後來各通訊社及報社相繼採用這種寫法，因此又被稱為「美國體」（the American style），有別於傳統以時間為序報導新聞事實的英國體（the British style），在第一段就直接切入新聞核心，告訴閱聽人牛肉在哪裡。

目前雖然不少媒體已採用多樣化的寫法撰寫各式新聞稿，但在導言即道出新聞精華的寫法，仍為純淨新聞報導寫作的重要方法。如我國重要的綜合性報紙及美國的《今日美國》（US Today）報等，在採用純淨新聞寫作報導新聞時，仍多以傳統倒金字塔式結構撰寫新聞。

倒金字塔新聞結構最易於掌握空間效應的方式，方便記者控制篇幅，且簡短段落即可表達重要訊息。

但首先記者必須把新聞素材過濾，找出屬於導言的重點，以及事件的高潮、講話的主旨部分、調查結果等重要部分，以簡單清楚手法寫出。導言為一篇報導的最重要基礎，它告訴讀者其他部分的內容是什麼，此種新聞寫作形式，通常會把重點放在倒金字塔的頂端，其餘則按其重要性依次排列寫下來。

## 第二節　倒金字塔寫作的重要原則

現代媒體強調迅速、直接、簡潔的表達方式，倒金字塔技巧則是為此而繼續被運用，主要是這種寫法可讓讀者先讀到消息最重要、精華部份，並且方便編輯從尾部刪稿，以適應版面的容量。若干年後，倒金字塔寫作對報業重要性，有可能減低，但屬於漸變，不會突變。

特別是倒金字塔結構對廣播新聞仍然重要，隨著電子傳播形式的變化，各種新聞材料可以用正金字塔架構、倒金字塔寫作或其它方式，在電腦中以同一則新聞，寫出不同篇幅及不同架構的新聞，供應給不同的印刷或電子媒體。

不過倒金字塔架構通常不依事件發生的時間說明，也很少解釋歷史背景，若讀者只看導言，可知道重點，但仍不能完全了解整件事的發生經過及源流背景，這些可在後面的段落中交代清楚。

目前新聞寫作中，導言須考慮的內容成分仍以 5W1H 為重點：

——何人（who）

——何事（what）

——何時（when）

——何地（where）

——為何（why）

——如何（how）

譬如說，當火燒起來，即便是普通人，也知道該直接跟消防員表明發生火災，及在哪裡發生。記者寫導言時，也會經歷同樣過程，需注意什麼對讀者是最重要的。

若是火災，正確的導言如下：

——誰引發火災

——火災引起什麼後果

——在哪裡發生火災

——什麼時候發生火災

——為什麼發生火災

——引起火災過程／怎樣引起火災

若導言已將上述所有列入，還是過於簡短，則可加入一些的因素，譬如說，經查明後，確定引發火者是故意還是無意的，讓讀者感受到即時性。

無論是寫導言或整篇新聞文章，需注意下列重要原則：

——務必核對姓名。

——用語簡潔才能有力。

——意見要有出處，不得加入主觀意見。

——要了解 5W1H，但若不是新聞中最重要的成份，不全部寫出來也可以。

——報導基本事實，資料齊全才能判斷。

——篇幅要與編輯所要求的切合。

——歷史及背景勿放導言。

——座談會的時間、地點，以及冗長的法條全名等背景資料，可放第二段或最後一段，以免占去導言的寶貴篇幅。

——導言要短，一般字數在 80 字到 100 字，至多不超過 150 字。

此外導言寫作中，新聞角度切入點很重要。當記者在報導 what 的時候，可能要加入更多訊息，以突出 what 的意義。例如假設火災發生在倡導火警安全時期，那焦點就要放在民眾對火警安全的警覺意識。

## 第三節　導言的寫作類型

以下是常見的導言類型，包括人稱導言、懸念式導言、提要式導言、多種成分導言、創意型導言等。分別說明如下：

### 一、人稱導言

——當 who 的成分變得重要時，要立刻指出其姓名，此為人稱導言。經常用於重要人物講話時，或是知名人士採取任何行動，都可能值得立刻指出其姓名。這時，who 就是導言的焦點。

## 二、懸念式導言

——這種導言的效果，將引發讀者繼續向下閱讀的興趣。

## 三、提要式導言

——當處理一條由幾種重要元素構成的新聞時，可以用提要式導言，把發生的事實給以提要鋪陳，而不針對其中某一特定之處大加報導。

## 四、多種成分導言

——有時記者可能在消息中難以捉出一項成份導言，多種成分導言將可減輕記者負擔。例如：市議會在星期二要求三名市政府官員下台，並成立了一個政風檢查委員會。由於此類導言有時會容易描述過多，記者要對長度有所節制。

## 五、創意型導言

——並非每一則新聞都要用倒金字塔式報導，有時也可突出新聞的新奇性。例如：當婚禮的賓客中包括一批毒犯，與52 名不請自來的便衣警察，而承包婚禮酒宴是一名緝毒官員，負責代客停車工作的是警察局長時，會發生什麼事呢？一場由州政府和地方警察局主導的「熱鬧」婚宴絕對令他們畢生難忘。

總之，導言寫作就如玩積木，寫作者可以試著以各種方式吸引讀者或閱聽人，並多方比較各主要媒體的第一段報導方式，在客觀、公正、真實、即時等不變原則下，多練習是幫助記者寫出又快又好導言的不二法門。

## 第四節　導言的要求

### 一、導言寫作原則

在撰寫導言時宜注意以下的原則：

1. 寫出新聞內涵，尤其是新聞的重點。
2. 綱舉目張——即新聞結構以綱為導言，以目為軀幹，自會有序。
3. 寫果去因，即只寫事件的結果，將背景及原因等移至軀幹交代。
4. 從宏觀的角度切入，所謂宏觀仍應言之有物，不是空泛、官腔官調的內容。
5. 突顯新聞性，把新聞性愈強，可讀性越高的部份設法在導言中突顯出來。
6. 語意明確，形容及抽象名詞均不妥當。

美聯社的新聞寫作指導中也強調，導言務必清晰、具體，不可含糊。而所謂含糊的導言出自幾種缺失：如寫了一堆次要的細節、用字抽象不夠具體、描述不確切、不強調一項聲明的本身，而強調聲明的經過；或是強調新聞的起因，而不是新聞的本身、及對新聞發生的時間順序描述錯亂等。

## 二、導言的長度

對於新聞導言，多數強調精簡，因此字數都要求不可過長。以中央社為例，即要求導言長度不宜超過 96 個字。通常在指導新進人員時，各媒體也會要求導言的字數最好能在百字以內。在實務操作上，若能在最精簡的字數內，即呈現出新聞重點，這項導言基本功就算是打穩了。

### 【思考問題】

1. 過去數十年中外新聞界常用的「倒金字塔式導言」，在現代社會是否仍然適用？
2. 二十一世紀因網路科技盛行，導言寫作起了什麼變化？

### 【實作作業】

1. 試比較國內主要綜合性報紙，對同一重大事件報導的導言，並指出其寫作手法的異同。
2. 試針對同一事件，說明報紙、廣播、電視及網路等不同媒體的導言寫作差異。
3. 請依下列兩則公關稿，各改寫成適合報紙、廣播、電視及網路等不同媒體的導言。

(A) 總統府新聞稿[2]（2010/3/7）

總統晚間出席由國際 38 婦女節 100 週年籌備會主辦的「婦女迎向數位新時代—慶祝國際 38 婦女節 100 週年晚會」活動。此外總統也在婦女節前夕，用手機簡訊祝福全國婦女同胞 38 婦女節快樂，並肯定及感謝全國婦女同胞們，長期以來為照顧家庭、貢獻社會的全心付出。

總統在行政院長吳敦義、立法院副院長曾永權、法務部長王清峰、行政院勞工委員會主任委員王如玄、總統府資政辜嚴倬雲女士等人陪同下出席。總統致詞時表示，在婦女節前夕，很榮幸參加這場婦女節的盛會。在過去一百年，全球婦女在權益、安全、發展及尊嚴等各方面的進展，可以說在人類歷史上是空前的，超過了先前五千年累計的成果。

總統強調，我國非常重視婦女的權益，在民國 35 年制訂憲法時，即於憲法第 7 條明定：「中華民國人民，無分男女、宗教、種族、階級、黨派，在法律上一律平等」。男女平等的觀念是我國從小在家庭、學校即根深蒂固的觀念。在民國 80 年制定憲法增修條文第 10 條第 5 項時又加上：「國家應維護婦女之人格尊嚴，保障婦女之人身安全，消除性別歧視，促進兩性地位之實質平等」，台灣婦女的權益與地位又繼續向前大步邁進。

總統表示，根據聯合國開發計畫署（United Nations Development Programme，UNDP）2009 年人類發展報告《Human Development Report》，以及經濟合作發展組織（Organization for Economic Cooperation and Development，OECD）關於全球主要國家和地區的

---

[2] 取材自總統府官方網站，網址為 http：//www.president.gov.tw/php-bin/prez/shownews.php4？_section=3&_recNo=0 下載日期為 2010/3/8，最後更新日期為 2010/3/8。

女性發展統計中，有多項數據明確顯示、我國女性同胞各項參與明顯的提升，包括：臺灣的「性別發展指數」（GDI）名列全球第 20 位，「性別權力測度」（GEM）名列全球第 22 位。臺灣女性的勞動力參與率，由 2002 年 46%增至 2009 年 50%；女性就業者占總就業者比率，兩者都比日本及南韓更高。而近幾年來女性平均壽命超過 82 歲；婦女年平均工作所得，更從 2003 年 1 萬 6 千美元增加到 2008 年的 2 萬 3 千美元；國會議員女性比率達到 31%；女性部會首長比率達到 25%，在亞洲各國名列前茅，顯見我國婦女在政治上的參與有長足的進步。

總統表示，他自上任以來，對於婦女政策的落實，始終念茲在茲，希望幫助婦女同胞就業，今年的經濟復甦應該是具有台灣特色的經濟復甦，包括高就業成長。行政院勞委會已幫助 20 多萬婦女就業，政府不但加強婦女就業還協助創業；其次特別照顧婦女身體的健康、提升乳癌、子宮頸癌的篩檢等，讓婦女有更好的健康環境。

總統表示，在競選時提出擴大育嬰假的構想，當時社會上有很多疑慮。行政院勞委會自 98 年 4 月起已開始實施，增列「育嬰留職停薪津貼」為給付項目，並自 5 月 1 日起實施，截至 98 年 12 月底止，已核付 11 萬 1 千餘件，金額共 17 億 4 百餘萬元。且育嬰假不光是婦女可申請，丈夫也可申請，父母未就業者可領取每月 5 千元育兒津貼。

總統說，他非常重視婦女及嬰幼兒的權益，行政院勞委會未來擬推動「安胎假」，讓有需求的婦女在懷胎時，得到更多的照顧。這個政策不光是照顧婦女，也是照顧下一代，政府會有配套措施，讓此政策可以得到最大的效益，而對工商界的衝擊最小。

總統表示，因為現在已是兩性共治的時代，他會一一提出並落實，如幫助婦女維護人格、尊嚴保障婦女安全、消除性別歧視及促進兩性地位實質平等的措施，讓我國婦女在全世界驕傲的走出去，告訴大家中華民國是一個尊重婦女、保護婦女及促進婦女發展的現代化國家。

(B) 農委會新聞稿[3]（2010/2/9）

有關報載「中越茶混台茶，低價攻購物台」一節，農委會本（9）日強調，目前僅開放中國大陸普洱茶進口，國內有生產的紅茶、半發酵茶（如烏龍茶、包種茶等）及綠茶並未開放。針對越南進口茶葉混充台灣茶，衛生署現正研擬茶葉標示增列來源地及比例，農委會呼籲消費者購買有產地標章的國產茶葉，以維護自身權益。

農委會說明，為保障國內茶農權益，我國有生產的紅茶、半發酵茶及綠茶均列入 830 項管制中國大陸進口清單，並未開放進口。某立委指稱中國茶在今（99）年 1 月進口量增加，並從越南轉口進入台灣，經查該期間自中國大陸進口的 538 公噸茶葉均為普洱茶。普洱茶為前政府於 93 年間所開放，國內並無生產該類茶葉。

該會表示，對於進口茶葉攙配國產茶葉，不論混充比例，均以國內為原產地的做法，衛生署目前已依據監察院今年 1 月的糾正內容研擬改進。未來將增訂茶葉個別產地來源及比例的標示規範，以提供消費者明確的資訊。此外，衛生署對於中國大陸及越南進口茶葉的相關號列，均已提高查驗機率，且以「殘留農藥」為重點檢驗項目，以確保民眾飲食安全。

另為防杜中國大陸茶葉經由越南非法進口，農委會除於 98 年底再度協調海關加強走私查緝外，並將於今年 3 月舉辦的台越雙邊

[3] 取材自農委會官方網站，網址為 http：//www.coa.gov.tw/show_news.php？cat=show_news&serial=coa_diamond_20100209153215 下載日期為 2010/3/8，最後更新日期為 2010/3/8。

農業合作諮商中，進一步要求越南政府將現行由民間團體核發產地證明的做法，改由官方核發產地證明，並加強相關查核管理。

農委會表示，近年來該會積極輔導法人、團體或政府機關向經濟部申請國產茶葉產地證明標章註冊，以進行市場區隔，目前包括嘉義縣政府等機關、農會，已取得「阿里山高山茶」、「鹿谷凍頂烏龍茶」、「文山包種茶」、「杉林溪茶」及「瑞穗天鶴茶」等產地證明標章註冊。在產銷履歷部分，亦已輔導 130 個茶葉生產單位通過驗證，其產品均貼有產銷履歷標章，透過來源追溯管理即可確保消費安全。

該會強調，進口茶混充國產茶只是少數業者的行為，多數茶農仍然誠實標示，請社會各界勿擴大解讀。

## 【參考書目】

方怡文、周慶祥（2007）。《新聞採訪寫作》。台北：風雲論壇出版社增訂版。

李利國、黃淑敏譯（1995）。《當代新聞採訪與寫作》。台北：周知文化出版。

程之行（1993）。《新聞寫作》。台北：臺灣商務印書館。

施孝昌譯（1997）。《美聯社新聞寫作指導》。三思堂出版。

Campbell, L. R. & Wolseley，R. E.（1961）. How to Report and Write the News. NJ：》Prentice-Hall.

# 第五章　新聞結構與分類

蕭耀文、陳郁宜　編寫

## 第一節　新聞的結構

### 一、何謂新聞的結構

所謂「新聞的結構」(The Structure of News)，指的是記者在採訪得新聞素材後，如何謀篇布局，把新聞作品做最適合受眾閱讀的呈現。一個好記者在下筆之前，應先思考如何安排新聞的主題架構，把自己的採訪所得，依據這個主題，將內容層次化的一一呈現在讀者眼前，便利讀者的閱讀。

黛博拉・波特（Deborah Potter）是位於華盛頓的新聞實驗室（NewsLab, www.newslab. org）執行主任，該機構由波特女士創立於 1998 年。她在獨立新聞工作手冊中指出，每個報導都有結構，一如人體都有脊骨。沒有結構，報導就會成為一堆沒有主幹的事實大雜燴。結構對一篇報導能否讓人理解和能夠有意義至關重要；但並不是所有報導只應有一種結構，好作者會選擇最適合報導內容的結構。(Deborah Potter)

## 二、結構的種類

不同的新聞，文體的結構自然也不同。經過長期的實踐和演進，在新聞的寫作上，新聞文體的結構形式，不下一二十種，但為新聞界所眾議僉同的，一般而言有：

1. 倒金字塔型（the inverted pyramid pattern）。
2. 正金字塔（the upright pyramid pattern）
3. 正反金字塔折衷式（inverted and pyramid pattern）。
4. 平鋪直述法（linear stories）。

另有學者在這四種結構型式之外，又提出了華爾街日報型結構（wall street journal formula）、沙漏型結構（HourgIass Style）、列舉型結構、章回型結構（sections technique）、網路新聞的非線性結構（nonliner）。（Rich. 2004）

不過，這些結構型式，在台灣媒體普遍採用的，主要為倒金字塔、正金字塔、沙漏型（又稱倒金字塔與正金字塔折衷型）、平鋪直敘式及鑽石型（Diamond，又焦點式或稱華爾街日報型）結構。

### （一）倒金字塔型

倒金字塔型結構顧名思義，就是「頭重腳輕」的結構，也就是依照新聞的重要性逐一遞減原則來撰寫。從最重要的開始寫，接著是次重要的內容，一直到最不重要的。

歷史學家對這個結構最早從什麼時候出現有爭議。有些人說是有了電報後人們發明了這個結構以確保重要的訊息會最傳送出去，以免電報傳送中斷而漏傳資訊。但十九世紀的美國新聞故事研究發現，倒金字塔是在電報出現後的好幾十年才出現，而它的出現

有可能是因為在重建時期的社會及教育人士鼓勵報導事實而非較具解讀、批判性的敘事風格。(Errico)

雖然倒金字塔型是最古老、最方便、也用得最浮濫的新聞結構，但卻最實用，尤其是在撰寫硬性新聞、突發新聞、網路新聞時。主要原因如下：

1. 便於受眾閱讀：方便受眾在最短的時間內，獲得自己所需要的訊息。當他們讀到自已不感興趣的內容時，可以立即停住。換句話說，閱聽眾可以根據自己所能使用的時間，以及自己需要的訊息量，來決定要閱讀到那一段，而不會遺漏重要的訊息。
2. 方便編輯刪稿：報紙的版面非常珍貴，記者每天所供應的訊息，往往數倍於版面所需要的數量。倒金字塔式的寫作，方便編輯刪稿，只要從後往前刪就可，不會影響到重要內容。
3. 便於記者寫作：記者在寫作時，必須組織採訪得的材料，倒金字塔式的寫方式，讓記者在因故必須打斷寫作或因應截稿時間需要，立即發出稿件，而不影響重要訊息的供應。

在這網路時代，倒金字塔式的結構，不僅沒有落伍，反而歷久彌新。因為網路新聞的受眾，一次只能瀏覽一個電腦、PDA 或手機大小的螢幕，如果第一個段落無法吸引受眾的興趣，受眾就不會瀏覽下一層次的內容。所以，網路新聞更應該採用倒金字塔式的寫作。

倒金字塔式寫作的次序格式如下：

1. Introduction containing most important or most interesting information
   導言包括最重要或最吸引人的消息
2. more facts
   更多的事實材料

3. supporting information or background
   輔助性消息或背景材料
4. quotes or more facts of lesser importance
   引語或次要的事實材料
5. minor details
   細節材料
6. least significant information
   最不重要的消息

## （二）正金字塔型

正金字塔型結構的寫作方式，正好和倒金字塔型相反，行文結構是「頭輕腳重」。這樣寫作的目的，在吸引讀者把全文看完，才能清楚全部的情形。因此，一開始比較平淡，接著越往後的段落越重要、越緊湊，最後達到最高潮。問題是把新聞最重要或最有趣的部分放在最後，很可能會讓受眾失去耐心。

因此，使用金字塔型結構撰寫新聞時，固然不必像金字塔式的寫作格式，把最重要的部分寫在導言，為了吸引受眾的注意，還是要把所要報導的訊息重點寫在前面。而導言不妨利用懸疑式的寫法，以吸引閱聽眾的興趣。

一般而言，正金字塔型的新聞結構，不適合使用於目的在讓受眾獲得訊息的硬性新聞，而適合用於名人軼事，以及故事性的新聞。

## （三）沙漏型（正反金字塔折衷式結構）

沙漏型結構的新聞寫作方式，是截取倒金字塔型和正金字塔型結構的優點，而避免它們的缺點。也就是在導言明白寫新聞的重點或結論，進入軀體後，依重要性遞減的原則行文，然後按新聞的時間性或是邏輯性來發展。

黛博拉·波特（Deborah Potter）指出，所謂「沙漏」型結構，是倒金字塔結構的一種變體。它同樣是以最重要的資訊為開端，但在幾個段落之後，會掉轉方向，變成一種通常按照時間順序進行的敘述。

她並以報導暴風雨為例，記者可能以一個硬導言開始，隨後有幾個輔助段落，然後根據某位目擊者的經歷，開始敘述這場暴風雨的經過。

這種敘述結構要求在開頭部分與敘述部分之間有一個清楚的轉捩點。

記者可能這樣寫：「當狂風暴雨驟然襲來時，農場主伊克巴爾·坎正在糧倉。……」而後開始沙漏下半部分的故事。有些報導完全按時間順序走，這些報導往往是特寫性質的。（Deborah Potter）

基本上使用沙漏型結構的寫作方式，通常用於情節比較複雜的犯罪新聞或災難現場的報導。尤其是災難新聞的報導，往往有其時間跨度，適合此種新聞結構。

### （四）平鋪直敘式

平鋪直敘式的結構，顧名思義，只要把所採訪得的新聞素材，一一寫出，是幾個結構中最單純的。使用此一方式寫作，談不上如何謀篇佈局，只有直述到底罷了。

因此，如果採訪到的新聞素材，並不是很重要的訊息，也沒有什麼高潮可言，但有時屬於歷史文獻或紀錄，以及告知性的小新聞，不發又不行，這時候就適合使用平鋪直敘式的寫作方式來處理，只要依照新聞資料或相關單位公告的內容，一一交代即可。

例如：

「桃園縣縣政府舉辦八德市都市計畫通盤檢討，六月一日起公開閱覽一個月。在公告閱覽期間，民眾如果有意見，可以向縣政府建設局都市計畫課提出，……。」

## （五）鑽石型（華爾街日報型）

所謂鑽石型模式，是因它的結構類似鑽石的菱形結構而得名。換句話說，這種結構是「兩頭小、中間大」，有如鑽石一般模樣。使用此一模式寫作最為成功的是美國《華爾街日報》，由於《華爾街日報》把鑽石型結構的寫作方式，發揮得淋漓盡致，因此，又稱為「華爾街日報」式結構。很多人甚至只知華爾街日報型結構，而不知有鑽石型結構這個名詞。

黛博拉・波特（Deborah Potter）表示，使用這種結構時，記者首先以某個具體人物事件開始，人物的經歷揭示出報導的實質所在。這個小故事隨後擴展開來，讓人們看到其更廣泛的意義。在報導最後，記者再返回這個人物的故事，以此結束報導。

在使用這種結構時，記者常常會放入一個「核心」段，說明報導的意義所在。波特蘭市的《俄勒岡人報》（Oregonian）執行編輯傑克・哈特（Jack Hart）說，核心段「可以回答導言所提出的問題，說明這個事件／情況為什麼重要，將報導放入一個更寬的背景中」。核心段應在新聞的較前部分出現，以便讓讀者明白繼續往下讀的意義。（Deborah Potter）

因此，採用鑽石式寫作結構文章，通常需要比較大的篇幅，容納大量而鮮活的現場對話，以及記者描述在現場所見所聞的素材。

近年來，台灣的報紙由於競爭激烈原因，越來越重視故事性的新聞，就連以往注重刑案大小、死傷人數多寡的社會新聞，也開始要求記者必須採訪新聞人物或事件的背景故事，大有沒有故事就不是新聞的趨勢。因此，鑽石型結構的寫作方式，越來越受到重視，也越來越常見。

## 第二節　新聞的分類

新聞寫作的形式，因為時代的不同，而有不一樣的呈現方式。經過長期的發展和演變，部分寫作形式已為新聞學界和實務界所共同認同並實踐。

由純淨新聞（straight news）、解釋性報導（interpretative reporting）、深度報導（depth reporting）、新新聞學（new Journalism）、調查性報導（investigative reporting）、評估報導（evaluative journalism）及精確新聞報導（precision reporting），各領風騷數十年。不同的報導方式及風格，雖各有其時代背景，也提供當代新聞需求，經過時間錘練，仍具時代意義，豐富了新聞報導的多樣性。（康照祥，2006）

在台灣，實務界常用的為客觀新聞報導（又稱純淨新聞報導）、解釋性報導、深度報導、調查性報導及精確新聞報導。早年報紙上使用的幾乎都是客觀新聞報導，忌諱有記者個人觀察或情感的投入。不過，近年來強調讀者導向，當讀者的眼睛，以及為了加深報導的深度和廣度，解釋性報導、深度報導、調查性報導及精確新聞報導，廣泛被運用。

### 一、客觀新聞報導

所謂客觀（objectivity），對新聞而言，是指新聞與現實生活中的事實相對應的程度。對應的程度越高，就越客觀。反之，對應的

程度越低，就越不客觀。而不客觀的新聞，也就失去了所有新聞價值存在的基礎。（杜駿飛，2001）

客觀新聞報導，顧名思義，強調的是報導講求正確及中立，必須忠實呈現採訪所得，引述被採訪對象所言，不能有夾敘夾議，羼雜記者意見及個人情感在內。由於必須絕對客觀，因此又稱「純淨新聞報導」。

不過，批評者認為「絕對的客觀」根本不可能存在。新聞記者就算是在報導中完全根據採訪對象所言撰稿，也不代表客觀。因為一個新聞事件要不要採訪？要不要撰稿？那一部分內容是最重要的？也是記者在判斷和決定。

因此，客觀都是「主觀的客觀」，除了受到記者本身的背景和所在媒體影響，有時候縱然本身沒有任何偏見，卻因為決定採訪對象時，除了可能有個人偏好，採訪對象本身也可能早就有立場。

例如，台灣藍、綠陣營意識形態對立，對於同一件事情，包括政府施政或大陸對台政策，不同陣營的政治人士，解讀往往南轅北轍。這時候，唯有分別訪問不同立場的人士，做平衡報導，才不會失之偏頗。

## 二、解釋性報導

「新聞不應該只由事實的陳述所組成」，這個概念是一九三〇年代出現的。當時在很多因素下，人們開始把世界看成是一個較為複雜的地方，以致於對很多事情需要更深入的解釋。

到五〇年代，解釋性報導在美國的新聞編輯部及新聞學院裡，已有穩固的立足點。長期以來記者們被訓練要客觀，在他們的新聞報導中把意見與事實分開，但第一次世界大戰、經濟大蕭條及羅斯福總統實行的新政等事件的到來，帶領大眾及媒體相信世界及國家事件是需要被分析或解釋的。如此一來，人們才能瞭解他們是站在世界上什麼位置。

讀者及記者們想要的是有意義的新聞。為了反應這樣的需求，《紐約太陽報》1931 年開始在每週六提供新聞評論（Saturday review of the news）；1935 年開始，《紐約時報》及《華盛頓郵報》的每週新聞一覽（weekly news summaries），也加入了解釋性的角度。

1933 年，美洲報業編輯協會（American Society of Newspaper Editors）決議「解釋性新聞」及「背景資料」，會受到更大的重視。（Gallagher, Robin，1998）

1938 年，美國新聞學者卡第•丹尼爾•麥克道格拉（Curtis Daniel MacDougall）由 MacMillan 公司出版《解釋性報導》（Interpretative Reporting）一書，更確立解釋性報導寫作的地位。麥克道格拉在他的著作中指出記者已變成一個綜合解釋者（interpreter）及報導者（reporter）的角色。

著名的美國新聞學者約翰•霍亨伯格（John Hohenberg）認為，在新聞寫作中，包括解釋新聞意義的責任，但並非說記者有權評論這個新聞。無論如何，受了定義的影響，新聞學者從此轉用「深度報導」，來說明其報導方式，亦即要深入的發掘與表達，不落入「解釋」一詞的字義陷阱。（彭家發，1986）

「解釋性報導」的寫作方式及方法又如何？霍亨伯格提出如下看法：

1. 在印刷媒介中，解釋性新聞可以寫在主要新聞裡面，或單獨寫成一篇分析性的報導。在電子媒介中，可以在新聞播報中，做解釋性的敘述，或是在播報之後由分析家單獨評論。
2. 解釋性新聞如果寫在主要新聞裡面，應先說出事實，然後在適當的地方，說明這事實的意義。如果一件事有好幾種可能的意義，則應根據事實一一加以解釋，由讀者自行判斷那一個是對的。
3. 如果一條新聞有解釋性導言，應馬上舉證。如果對事實的解釋不十分完全，宜先寫事實再解釋。
4. 寫配合性的解釋性新聞時，應略去主要新聞中已報導的事實。但在開頭的地方，應清楚地指出所要解釋的問題。
5. 解釋性新聞往往是記者署名的，以示負責。採訪對象的說法，必須採訪過對方，有根有據。
6. 當一條新聞報導已做了解釋，就不必再重複。假如是一篇連續性的報導，新聞中應該提供對過去事情的透視，或提供一段以往有關的行動或決定，但這通常並不就構成解釋性新聞。
7. 在廣播和電視提供解釋性報導的主要問題，相對上較少新聞人員被容許那樣做。
8. 在為新聞性雜誌或報紙星期版寫作時，往往分析或解釋過度。尤其當讀者已經知道基本事實，而且他們並沒有什麼興趣時，太多的意見是錯誤的。（Hohenberg, 1983）

不過，凡事過猶不及，需不需要做解釋性報導，必須視讀者對象的層次而定。不同媒體的定位不同，目標受眾的層次也有所不同。不同層次的讀者，對於某些知識的掌握程度有別。

例如，如果是以醫護人員為目標受眾的媒體，對於醫學知識，一般而言根本不用解釋，因為解釋也許是多餘的。但綜合性報紙的受眾普遍並無醫學專業知識，就有解釋的需要。

## 三、深度報導

所謂深度報導，從字面上來解釋，就是加深新聞縱深的報導。亦即在報導新聞時，不能只做表面而膚淺的報導，而必須有系統而深入地反映新聞事件和社會問題，說明新聞事件的因果關係，並追蹤和探索事件未來可能發展的趨勢。

美國專欄作家羅斯．朱蒙得（Roscoe Drummond）對深度報導的觀點是「以今日的事態，核對昨天的背景，說明明天的意義」，被認為最具代表性。

在各種定義中，四〇年代美國哈欽斯委員會在「自由而負責的新聞界」報告中，為深度報導做了簡潔的定義：「所謂深度報導就是圍繞社會發展的現實問題，把新聞事件呈現下一種可以表現真正意義的脈絡中。」

1964 年美國拉布拉斯加大學（University of Nebrasks）的高普魯（Neale Copple）出版《深度報導》一書，從理論和實務上奠定了深度報導的地位。（歐陽明，2004）

美國哥倫比亞大學新聞研究生院在教程中談到報導的層次時，則提出了三層報導的概念：第一層報導是事實性的直截了當的報導，第二層報導是發掘表象背後實質的調查性報導，第三層報導是在事實性和調查性報導的基礎上所作的解釋性和分析性報導。

所謂深度報導，是在上面提到的第二和第三層報導的基礎上發展形成的。因此深度報導時或具有新聞性、解釋性、調查性和分析性的特點。（杜駿飛，2001）

也有人用 5W1H 的內涵來說明：一般報導著重在當事人（who），但深度報導必涉及直接和間接的關係人；在時間（when）上，一般報導著重在發生新聞的「當時」，深度報導還要追溯「過去」和揣測「未來」；在為什麼（what）上，一般報導祇有「本事」，深度報導卻必須一一深究細節；在地點（where）上，一般報導以新聞「發生地」為主，但深度報導不能漏掉所有相關地點；在發生原因（why）上，一般報導常不強調，但深度報導除了「近因」，還要查明「遠因」；在何時部分，新聞結果如何（how）部分，一般報導只注意當時的情況，深度報導要知道後果，甚至未來可能的發展。

例如，發生地震災害時，客觀新聞的報導，只要報導發生的經過和地點，以及災害情形即可。而深度報導則必須進一步了解發生地震的原因，以及以前發生地震的情形，甚至還要探討未能可能會發生什麼樣的地震，多大規模？可能造成什麼樣的災害。

總而言之，深度報導在採訪時，不能採訪新聞現場或當事人而已，除了自己必須仔細觀察，還要訪問學者、專家，在寫作時以各種不同的角度，加入記者觀察所得或學者、專家的意見及看法，分析、解釋新聞背後的意義。

## 四、調查性報導

調查性報導是綜合解釋和深度報導的一種新聞寫作格式，相對於客觀性新聞的純淨報導方式，調查性報導強調的是記者高度介入新聞事件。深入現場調查採訪，以及分析相關文件，從中獲取訊息做為報導的素材。

由於此種報導手法的目的，往往在揭發會的黑幕或是政府機關施政的不當，難免和當局或利益團體發生直接衝突。而記者並無司法調查權，執行調查採訪工作不易，甚至困難或阻力重重。

一般認為，調查性報導崛起於六〇年代，當時美國的社會因為越戰、學運等因素，動盪不安，記者不信任政府，認為有責任揭發社會和政府的黑暗面，而流行調查性報導。

其中，最有名的當屬《華盛頓郵報》（Washington post）記者伍華德（Bob Woodward）、伯恩斯坦（Carl Bernstein）報導的水門事件，他們調查尼克森監聽民主黨的醜聞，導致尼克森在一九七四年下台，堪稱是調查性報導的典範。

在台灣，《聯合報》也經常進行調查性報導。一九八八年《聯合報》有鑑於台灣漁業問題嚴重，遠洋漁船又多次發生遭外國扣留事件，由翁台生、楊憲宏、陳承中等多人，赴全球各地採訪。包括菲律賓、印尼、澳洲及南太平洋密克羅尼西亞、帛琉、關島等漁船活動海域，隨船採訪漁民。

他們還分別訪問了南非開普敦、模里西斯、薩摩亞、烏拉圭蒙特維多、西班牙拉斯巴馬斯等遠洋漁業基地人員。實地了解台灣漁民冒險的討海生涯，以及面臨的困境，完成「探索遠洋漁業的隱憂」的系列報導。

二〇〇五年，《聯合報》記者得悉市面上假蜂蜜充斥，由各地記者採購數十件蜂蜜樣品，委託屏東科技大學化驗，發現賣場、超市陳列販售的蜂蜜，多數不是真蜜，合成蜜的比率高得驚人，七成五是摻糖漿及香料調製而成的合成蜜。

這項調查性報導刊出之後，不僅各大賣場紛紛把合成蜜下架，衛生單位和消保官也全面稽查，以維護消費者權益。

正因調查性報導是經過長時間蒐集資料、廣泛訪問相關採訪對象，以及深入分析有關文件資料，報導之後往往發揮巨大輿論壓力，屢屢造成司法或治安單位不得不採取行動，甚至迫使政府改變政策。

不過，調查性報導的執行，並不容易。在議題設定之後，必須擬妥採訪計畫、目標，甚至必須有充裕的經費才能深入採訪。但記者畢竟不是司法人員，也容易因經驗及方向錯誤而有偏失情形，容易引來批評。

儘管如此，調查性報導已經蔚為風氣，不管是美國的普立茲獎，還是台灣的曾虛白公共服務獎，以及金額最高的吳舜文新聞獎，得獎的作品，多數由這類能夠揭發社會不公不義，或喚醒政府正視的調查報導。

## 五、精確新聞報導

精準新聞報導是對新聞事件，透過社會科學中的量化研究方法，進行問卷調查，取得數據後經過分析、統計，以了解被調查者的意向後，據以報導。

美國《財富雜誌》（Fortune）早在一九三五年發表關於美國人吸菸情況及購買汽車品牌意向的調查，被認為是由新聞機構所做的第一個科學的民意測驗。

一九六七年，底特律自由報記者菲利浦・梅耶（Philip Meyer）曾與兩位社會學家，採用隨機抽樣方法，分析底特律市黑人暴亂的原因。他們根據研究結果寫成了系列報導「第十二條街那邊的人們」。

一九七三年，當時擔任美國北卡羅萊納大學新聞系教授的菲利浦・梅耶，出版了《精確新聞學一個記者關於社會科學方法的介紹》一書，是這個領域的經典之作。

他在書中指出，傳統的新聞報導，只注意對新聞事件做一般性的描述，以及似是而非的評介，有時甚至因為關注聳人聽聞的情節，而忽視新聞報導本該堅持的準確和客觀。

梅耶提倡將社會調查研究方法應用到新聞實踐中，用資料來說話，從歷史、政治、經濟的角度來分析新聞事實，提高新聞報導的準確性和客觀性。

目前台灣部分媒體都有常設的民意調查單位，如《聯合報》、《中國時報》和 TVBS 等，不定期的就新聞事件做調查，並據以報導。另外，也經常有專業的民意調查機構，接受委託做民意調查。

民意調查單位進行問卷調查，主要透過電話、網路、面填問卷。為了把誤差控制在一定範圍，獲得具有代表性的數據，每次調查都必須得到一定數量的有效問卷樣本。在這三項調查管道中，網路調查因為干擾因素太多，例如可以重複填寫或以程式干擾等，多數專業調查機構都不採用。

## 第三節　新聞結構的組成

知道新聞結構不同分類，在撰寫新聞稿時的段落組成，則可分為導言及軀幹。導言就是要寫出新聞的重點，而之後的各段落則為軀幹，其作用在補充導言、放大導言及支持、解釋或進一步說明導言，各段要與導言相呼應，以呈現新聞的全樣。簡單的說，軀幹的各段就是將導言中所提到的每一個事實都解釋清潔，更詳細來滿足讀者的需求，並補充導言中所未曾提到的次要事實，使記載更周到。

在軀幹中的各段落做好新聞的連貫，且要找到主要的基調及主軸，讓每一段都有主題，每一段主題都要具體，而段與段間的主題也具相關性。一般軀幹中各段的內容處理方式有：

1. 依事實比重，越重要在越前面。
2. 依發生或發展的時間，依先後順序敘述。
3. 依事物因果關係、並列關係、主次關係、點面關係，依邏輯排列結構與層次。
4. 由近而遠排列。

同時，為使每段能相連，但又要避免重複，新聞的轉接在寫作時就應予以注意。要以靈活方式，不要使讀者覺得突然。這就如同幕與幕之間的過場，這種轉接還具有預告性，讓人期待下一段的內容。

一般新聞轉接的技巧可採用以下方式：

1. 以不同人稱變化來表示，有時可以用不同稱謂來代表同一人時可以使用。

2. 以發生的順序、名稱，如第一點、第二點、第三點，或首先、其次、再者。
3. 用時間來轉接，尤其當時間拉得很長的時可以用。
4. 以不同場合或地點來做轉接。
5. 利用轉接詞。
6. 其它——新聞可以把場景帶出，也可以背景說明加問題的發展、加事件的解釋等方式，將段與段間的轉接表達出來。

同時，以上的轉接方式是可以混合使用的，在完成新聞後再檢查是否通順。

在撰寫新聞稿時有一定的基本格式，如：

1. 要先有一個報導格式，如：本報記者 xxx 台北報導或 xxx 台北報導，可自成一行。
2. 導言字數最好 80 字以內，若更短即可表現出重點則愈精簡愈好。
3. 軀幹中每一段字數最好 150 字左右即可，且每段表達一個重點即可。
4. 在人物職稱處理上，組成方式為先職稱後姓名，注意職稱第一次出現時要全稱，且人名之後不加先生、小姐。
5. 人名以後再出後，不用寫出職稱，可直接以名字處理也不同加先生、小姐。
6. 在引述時，多以「他指出」、「他表示」、「他認為」、「他說」來處理，且新聞稿多是採間接引述方式處理，如：他表示，他不會參加國家聯盟。否則，以直接引述方式處理，則成為他表示：「我不會參加國家聯盟。」
7. 新聞稿中絕不要加結論、評論，要做客觀新聞報導。任何個人的意見、看法，以為，都不要加入。

有關新聞稿的基本格式，各媒體都會在編採手冊中予以規範，新聞工作者宜依各媒體的規定處理新聞。

## 【思考問題】

1. 何謂新聞的結構？黛博拉・波特（Deborah Potter）的說法又如何？
2. 雖然倒金字塔型是最古老的新聞結構，但卻最實用，尤其是在撰寫硬性新聞、突發新聞、網路新聞時。主要原因如何？
3. 依黛博拉・波特的看法，鑽石形結構要如何鋪陳新聞？
4. 新聞寫作的形式，因為時代的不同，而有不一樣的呈現方式。在台灣，媒體常用的有那幾種？近年來強調讀者導向，那幾種寫作形式大行其道？
5. 著名的美國新聞學者約翰・霍亨伯格（John Hohenberg）對「解釋性報導」的寫作方式及方法，有那些看法？

## 【實作作業】

1. 請採訪士林官邸舉辦的展覽，並以倒金字塔、正金字塔型結構，分別撰寫新聞。
2. 請採訪士林夜市的攤販，談他們成功之道，以華爾街日報（鑽石型）結構撰寫新聞。
3. 開放大陸人民觀光後，士林官邸成為重要觀光景點，請寫一篇深度報導。
4. 請採訪士林夜市，就現存問題與發展展望，寫一篇調查報導。

## 【參考書目】

康照祥（2006）。《新聞媒體採訪寫作》。台北：風雲論壇有限公司。
杜駿飛（2001）。《網絡新聞學》。北京：中國廣播電視出版社。
彭家發（1986）。《特寫寫作》。台北：台灣商務印書館。
鍾新譯（2004）。《新聞寫作與報導訓練課程》。Carole Rich。北京：中國人民出版社。
歐陽明（2004）。《深度報導寫作與原理》。武漢：武漢大學出版社。
聯合報編輯部（1994）。《聯合報編採手冊》。台北：聯合報編輯部。
Gallagher, Robin1（1998）History of the Mass Media in the United States. Chicago：Fitzroy Dearborn.
（Hohenberg, John，（1983）The Professional Journalist，（Firth Edition）.New York：Holt，Rinehart and Winton.

網站部分：

Deborah Potter http://usinfo.org/PUBS/Handbook_Journalism/index.htm
Errico, Marcus The evolution of the summary news lead http://www.scripps.ohiou.edu/mediahistory/mhmjour1-1.htm

# 第六章　會場新聞採寫

陳郁宜　編寫

記者採訪新聞，除了每天依其媒體分派的路線進行採訪外，在採訪過程中，時常會遇到在原有的路線單位或其他單位舉辦的會場新聞需要處理。這類型的會場新聞與一般路線採訪的方式及新聞性不大相同，由於這類型的新聞司空見慣，多數記者多能輕鬆以對，甚至認為這是公開的新聞，大家都有的新聞，所以新聞性不高。但這是採訪工作的基本功，也是新手入門的歷程，且有時用功的記者，可以寫出與別人不同的角度、或具可讀性的新聞，那更可顯示記者的功力。

## 第一節　會場新聞形式

會場是記者最普遍，也最頻繁的新聞來源地。一般指的是在特定場合有特定的人物，針對特定的主題所做的新聞採訪。有的會場新聞往往只是例行公事，但有些卻很重要，而有所準備自然會使報導變得容易。

會場新聞的形式大致有以下數種：

## 一、演講會

較屬於單向溝通，大多由主講人在講檯陳述，聽眾在下面聽，演講者將個人想法、看法、主題傳遞給受眾，聽眾較少有回饋機會。現在多數演講者都會保留一些時間讓聽眾發問，所以也會有雙向溝通的機會。

## 二、記者會

記者會的召開可分被動式的召開及主動式的召開。被動式召開，通常是發生需要澄清事實，當事人被迫召開說明、解釋。這種情形有時給記者發問的時間及機會都較少，也常發生當事人說完聲明就走人的情形。但多數的記者會是主動召開，這是由當事人主動、樂意提供訊息，希望透過媒體傳達某種訊息。較屬一種雙向溝通，記者會是有計劃的會場新聞，大都可以事先拿到新聞稿或資料袋，且都願意讓記者問問題，並加以回答。

## 三、會議

除了一般針對特定主題召開的討論會議外，還包括座談會、研討會、公聽會、政見會等。會議討論的主題，可能有結論，也可能沒有，或只是在座之人交換意見。媒體只能觀察、採訪、紀錄，不能發言。若有問題可以事後找人詢問，若真發現疑問，可委託與會人士問問題，但一般不可以記者身分發言。

# 第二節　會場新聞採訪

任何採訪工作事前的準備工作都很重要。採訪會場新聞更可在到達會場前或進行採訪前，先做好功課，會更助於會場新聞順利完成。

## 一、演講

1. 對主題先作研究。有的演講較生活化，在採訪上問題比較不大，但有些則較具專業性，如理財或科技，最好對相關主題有一初步的了解，因經常發生演講的內容，常有他們的「行話」。此時若聽不懂，那接著的採訪及寫作就會發生困難。雖然多數會場新聞還是會請主跑的記者處理，但有時會有支援情形就得特別注意。

   演講會若有演講稿或演講大綱可以想辦法事先拿到，就可以事先了解主題背景。尤其是重要人物的演講，多數都會事先準備好演講稿或演講大綱，應該要事先向主辦單位索取，可幫助採訪工作。

   除了對演講主題事前了解外，也應對演講者做一些功課，也可透過對演講者的認識，配合演講內容或許可找一些值得進一步了解的問題。

2. 注意聆聽演講者的講演內容。因為很多演講者不會按照演講稿照本宣科，有時會有加入一些題外內容，也就是常聽到的「脫稿演出」，而這些內容反時常是新聞的重點。同時，演講完後不要馬上離開會場，在問答時間，可能會有人提出敏感或有趣的話題，有時就成為新聞重點。且若有時間，也可以利用這段時間趁此機會澄清一些疑點。

## 二、記者會

1. 先了解主題。記者會的通知有時會有書面，但在科技發達之後，也常利用簡訊通知記者會。一般書面通知會先說明記者會主題，有些會詳述，有些只會註明時間、地點。若是臨時簡訊通知的記者會，提供的訊息會更少。但在去參加前一定要先了解主題，也就是為了什麼原因、什麼事情要召開記者會，以先做準備。若真不知主題，也可以四處打探一下，問同業記者、其他路線記者或承辦人員。
2. 及早到現場。尤其若知道是很重要的記者會，會有很多媒體與會，一定要早點到會場，坐到好位置，以便發問。爭議性大的新聞尤其要早早找到好位置，坐在後面問不到問題，也看不到主角表情。記者會後應多留一些時間下來，再找機會與當事人再談談。多一次接觸就可能多一份斬獲。
3. 既是記者會，如何問問題，比任何事都重要，因記者會上很多的說法都是「隱惡揚善」的，說的都是當事人希望記者報導的內容。所以記者如何由事前準備而提出好的問題，變得相當重要。同時，在問問題時除了關注自己想了解的情形外，對於其他媒體記者的發問也應留心，只要發現具有新聞性，甚至可以再追問。

## 三、會議

1. 先拿到會議的背景資料，好作研究。並提前到會場，先拿一份會議議程，可以對要討論的議題有所掌握。若是研討會、公聽會，多數都會有書面資料，都是可以拿來參考的。

2. 到了會場先找到主持人、與會人員、專家，可以先交換名片或意見。若是充滿爆炸性的議題，宜選擇較靠近出口的位子，因有人走出去，就可以上前問問題。若一般的會議，則可坐在一位專家旁邊，當有不懂時可以隨時查證、詢問。
3. 弄清楚與會人員的名字及職稱。有時會議中會很多與會人員，此時對每個人的職稱及姓名都要十分清楚，不僅方便採訪紀錄，在事後發稿上才不致出錯。
4. 隨時準備議題轉換，這是會議新聞中常出現的情形，某個人提出一項疑問時，結果會議轉變成討論另一個主題。對於這種變化，要有隨時接招的心理準備，而不是覺得離題而忽視。另外，有時在會議中未被明顯討論，但你聽到新聞點時，一定要在會後追蹤下去，可能挖出不錯的新聞。
5. 一般不可加入會議的討論。在演講會記者可以聽眾的角色問問題、記者會通常都是邀請記者採訪，自然是要讓記者發問。但會議則不同於前兩者，如果沒經允許，記者不可擅自發問影響會議的進行。

無論是採訪何種會場新聞，有幾項重要的原則一定要掌握：

1. 到達現場是最重要的。會場新聞強調臨場的感覺，很多會場中的互動必須要看到、親身採訪到才有辦法加以描述，才寫得生動。會場新聞的報導是報導整個事件，所以要注意周圍的情況、聽眾人數和反應、或是否有激烈爭執、或有何特殊情緒及肢體變化等，都可以在報導中加以處理。若只是如紀錄般的新聞，將會使會場新聞的可讀性下降。

2. 仔細的聆聽。問的問題及內容都應注意聽，且包含自己及別人問的問題及內容。重要記者會，可能只有一次發言機會，尤其要注意聽。當發生對於問題聽不清楚、弄不懂，又沒有時間可以再問的情形時，記住晚走的重要性，可以在會後補問，真的沒有辦法問到當事人，還可以問同業，所以平時與同業的關係一定要維持。
3. 記筆記。並不是記下所有的內容，但遇有專有名詞，一定要寫清楚，不要回去自己也看不懂。這時記者有自己一套熟練的記筆記功夫就很重要。另外，也可以先錄音，但這部分較屬於「有備無患」，一般而言，新聞強調時效，不太可能有時間讓你回去重聽。但有時碰到關鍵性的數字、事件、人名等，需要再確定時，錄音就是重要的查證工具了。但做錄音前得事先經過同意，尤其有些演講是禁止錄音的，就不要去觸犯主辦單位的規定。
4. 不可相信片面之詞。以記者會而言，被動召開的記者會大部份在做澄清，常語多曖昧並言詞閃爍，只講對自己有利的。當採訪得不到真實答案時，若記者會沒有限定發問次數，有時也可聯合同業一起詢問。如果還是得不到答案，可以描述當時的狀況來表明當事人的拒答、逃避，但不要去批評。即使是主動召開的記者會，其所宣布的事情當覺得有不妥時，也應再查證先找到證明予以反駁，若能抓到說謊反成大新，同時可以問事件的另一方當事人的看法，以做平衡報導。
5. 採訪態度上要有分際。多數的會場新聞記者可以發言，但要注意問題可以尖銳，但態度要有禮貌，且語氣及措詞要和緩，絕對不可以質詢或拷問的態度對人。同時，注意是提問，所以問題應該是簡明扼要，而不是在發表個人感想或演講，讓當事人不知該如何回答。

在說明會場新聞採訪時，都一再強調會後留下來再與當事人進一步溝通的重要性。這除了可以對會中的某些疑點做查證或澄清外，其實在實務採訪經驗上，有時記者在發現疑問後常不願當場提問，因那可能會為同業製造新聞，而使自己平白喪失一則獨家新聞的機會。所以，有時有經驗的記者，會利用會後人少或與當事人另外約訪，針對自己的問題要求說明。

## 第三節　會場新聞寫作

會場新聞多可分成兩階段發稿，而在不同階段所要著重的重點是有所不同的。

### 一、預報會場新聞

這是指會場新聞尚未發生，但想讓民眾、記者知道有個演講要開講、記者會要召開、或會議、政見會、公聽會要舉辦，可以去參加、關心所撰寫、發布的新聞。

這類型的預報新聞稿都會清楚的標明會場的時間、地點、主辦單位、參加人員、主題或舉辦的目的等。一般而言，預報新聞稿較難見諸媒體，因此，如何突顯其重要性及吸引性就很重要，且也要多用點技巧。如利用名人或切入熱門的話題來吸引閱聽眾。

### 二、事後報導會場新聞

這是指會場新聞已發生過，即演講已講完、記者會已召開、會議已開完等，針對會場召開的情形、結果所撰寫、發布的新聞。這時的新聞稿重點要思考的是在這些會場中，有那些內容是閱聽眾關心的、應該知道的，並以倒金字塔方式報導出來，讓即使未能參與會場的閱聽眾，可透過新聞報導知道發生了什麼事。

## （一）一般各類會場新聞的寫作方式，各有其重點

1. 演講——導言是針對演講內容採摘要式寫法，即擷取演講中最重要的部份納於導言中。本文在大部份情形下不可能全文照登，要依導言所擷取的重點，找出比較有關的部份加以補充及解釋導言，且在撰寫時，不是依演講的時間次序處理，還是要依重要性次序處理。
2. 記者會——一般導言是將記者會所宣布的事情告訴大眾，較是強調式，立即明辨式的導言寫作。本文要對新聞事件的背景做介紹，且記者問題的內容及答案，有時也是重要的新聞素材。
3. 座談會——導言一般是採綜合式的寫法，即針對座談會參與人員的談話內容加以整理歸納，且座談會較不會有決定性的結果，若有爭議可兩方並陳。本文部份一般是找出幾個較具份量的發言或人或內容加以描寫。
4. 會議——導言的處理，若有結論則寫結論，若無結論則寫何種爭議下造成無結論。本文則就會議中的討論重點加以描述，也是不必依時間序撰寫，而是依重要性撰寫。

## （二）綜合會場新聞寫作的注意事項

1. 以倒金字塔新聞寫作方式，不是依時間順序。但為了使報導文字流暢，有時則需對事情發展的時間順序給予適當注

意，即當上下文有關連性時，就要注意時間關係，否則就有可能扭曲或使閱聽眾曲解事件的意義。

2. 注意導言的內容要提出重點並具有吸引力。是告訴閱聽眾已發生了什麼，不可再如預報新聞般的告訴閱聽眾「將」要發生什麼。那就區隔不出這個會場是「將」發生或「已」發生了。
3. 注意引述。在會場新聞中會有很多人的談話，在新聞稿中要加以引述，多數是採間接引述，不必逐字照寫，除非是重要的話，才使用直接引述，一字不改。同時，引述時對人名及職稱的再確認十分重要，千萬不能發生張冠李戴、弄錯人名或職稱的情事。
4. 注意描述。撰寫會場新聞時由於需要引述，有時新聞稿就如記錄稿般的撰寫，好似在做會議記錄，應注意是在寫新聞稿，還是要找到新聞點，且會場中會有動態的畫面，也應在新聞稿中加以呈現，才能使會場新聞顯得生動。但描述時，不需加入個人的觀點、評論，只需真實的描述現場情形即可。
5. 會場新聞若是能緊緊抓住一個重要的問題，會比較容易寫好報導。但會場新聞並不是只能處理成一則新聞，如果會場中有多角度的內容可以處理，那就多發幾則新聞。但若因篇幅需要放在同一則新聞中，但又有多個重點時，則要注意各段落的轉折，以維持新聞報導的流暢，如可利用「在其他方面，他表示」、「接著他認為」。任何一個議題若有特別吸人的部分，有時甚至可以另外寫一篇邊欄加以分析。
6. 會場新聞雖寫作方式有相似之處，但同一條新聞可能會因記者而有不同的版本、重點。即各媒體的切入點未必相同。同時，會場新的處理在平面媒體與電子媒體存有一些差異，平面媒體會較著重內容，而電子媒體著重如何輔以畫面或聲音，所以在採訪時，若遇到會場並不開放採訪時，平面媒體還可以利用會後藉由採訪得到內容，但對電子媒體而言，如何拍到畫面，有時則會利用會前尚未正式開會前，先拍一些會場畫面。事後再配上問到的內容，這才不會使會場新聞只有乾稿。

## 【思考問題】

1. 現有不少會場新聞尤其是記者會的召開，其目的是宣傳。你覺得應如何面對這種採訪。

## 【實作作業】

1. 請利用媒體資訊找到一場有興趣的演講，並在聽完後撰寫一則新聞稿。

## 【參考書目】

方怡文、周慶祥（2003）。《新聞採訪寫作》。風雲論壇。
王洪鈞著（1991）。《新聞採訪學》。正中。
石麗東著（1991）。《當代新聞報導》。正中。
李利國　黃淑敏譯（1995）。《當代新聞採訪與寫作》。密蘇里新聞教授群著。周知文化出版。
沈征郎（1992）。《實用新聞編採寫作》。聯經。
馬西屏（2007）。《新聞採訪與寫作》。五南出版。

康照祥（2006）。《新聞媒體採訪寫作》。風雲論壇。
張裕亮主編（2007）。《新聞採訪與寫作》。三民出版。
郭瓊俐、曾慧琦譯（2004）。《新聞採訪》。五南。
陳萬達（2001）。《現代新聞編輯學》。揚智。

# 第七章　廣播電視新聞採訪與寫作

盧瑞均　編寫

## 第一節　廣播電視新聞採訪

### 一、廣播電視記者該具備的能力

較之平面媒體，廣播電視媒體記者除應具備基本採訪寫作能力、純熟的設備操作能力與過人的體力外，清晰的口語表達能力與快速的組織能力也是不可或缺的基本功。因為廣播電視講究時效的媒體，如何在事件發生後以最快的速度清楚地提供聽眾最及時訊息，是記者必須有的認知。

記者如何在無暇寫稿的情況下即時報導現場消息，端賴平日對新聞重點掌握訓練與清晰有條理的口語能力，這一點是廣播電視記者都必須有的體認。所以記者必須對廣電新聞稿的呈現形式非常熟練，才能在時間壓力下做出精準的新聞報導。與電視媒體相比，廣播所需要的設備與資源相對簡單，因為沒有畫面的要求，廣播甚至只需要一支手機，就能馬上把訊息傳出，無形中也節省了傳播訊息的速率，再加上專業的新聞廣播電台，幾乎沒有固定的截稿時間，隨時都能把訊息送出，因此廣播記者對於新聞後續發展的更新、反應也必須比其他媒體更加講究。

電視新聞是一種影音內容同時呈現的媒體，使用採訪設備最龐雜。記者除了掌握新聞內容之外，在聲音與影像相互配合說明、以及設備操控也都必須非常嫻熟。新聞的聲音部分除了語音報導外，還要錄下現場環境音，並在影像部分取得重要畫面（包含現場相關人、事、物）以配合說明。影音採訪內容攝製完成後，接著就必須盡速完成剪接以提供新聞節目製播。對環境的敏銳觀察、精準熟練的設備操控、以及對時間的掌控都是電視新聞記者的必要條件。

平面記者一般將獨家新聞視為個人努力的成就展現，相較之下，廣播新聞是相對較少獨家新聞的，當一則新聞播出後，其他媒體透過收音機接收到，幾乎立刻可以追蹤報導，獨家的優勢價值也就不再明顯存在。而電視 SNG 即時新聞畫面一經播出，也有一樣的問題，不像平面媒體當一則獨家報導露出後，其他媒體至少在後續報導上，礙於新聞的產製時間通常無法立即跟進，當然也就較能突顯獨家的吸引力。所以在廣播電視記者的工作上，可能更重視不漏新聞。

以國內現有的廣播電視環境來說，廣播電視記者的工作量，可能比平面媒體記者更為吃重，主要原因包括：國內專業新聞電台市場空間有限，而電視設備購置昂貴，因此編制當然無法與組織龐大的大型報社相比，更何況廣播電視新聞若是一天要播出 18 到 24 小時，又要避免內容過度重複，需要提供的新聞量自然相對可觀。記者因此分配到的採訪路線本就比平面媒體廣，還得要習慣於替輪休記者代班所可能產生的額外工作負荷。

因為人力有限，媒體主管當然希望廣播電視記者能有眼觀四面、耳聽八方，一人能抵數人用，各種路線的新聞都能迅速上手採訪的能力，但在實務上這幾乎是不可能的，畢竟要跑好一條路線，長期的經營與深入的了解是不可或缺的。在這種人力不足的媒體環境中，多數電子媒體新進記者即便已經相當努力，但也只能勉強做到大新聞不漏，重大新聞跟著報紙媒體做後續追蹤採訪而已，但相對的，部分具有經驗、經的起考驗的優秀廣電記者也有能獨當一面的，這些表現傑出的記者見聞廣博，往往能有更特別的專業表現。但總體而言，依目前國內廣播電視媒體的大環境與多數記者的表現，廣電媒體要做比較深入的新聞探討和新聞的發掘，仍有一段努力的空間。

## 二、廣播電視記者的設備與收音技巧

廣播記者經常是單兵作業，不同於電視記者或平面媒體記者有攝影記者隨行，廣播記者必須自行把所有必要設備備齊，而且目前也有電台媒體，為了充實自家網站內容的豐富性，會要求記者必須隨身攜帶數位相機或有照相功能的手機，將採訪照片同步傳回，所以記者的行囊教之前又更多更重了。

電視新聞採訪一般都由兩人一組，由攝影記者進行新聞畫面錄製，文字記者負責新聞撰稿及說明。電視新聞採訪往往需要運用到新聞攝影機（ENG，Electronic News Gathering）、麥克風、燈具組、剪輯設備、甚至 SNG（Satellite News Gathering）現場連線報導設備。

一般而言，廣播電視記者採訪工作時其他必要的設備包括：

### （一）影音處理用的筆記型電腦

電腦內部具備聲音影像處理功能的軟體，電腦必須有處理文字、上網、錄音、聲紋或影音剪接等基本功能，簡單的說，這部手提電腦，就是記者隨身攜帶的資料庫及剪輯處理器。

### （二）錄音機

除了電腦本身的錄音功能外，輕便型錄音設備也是廣播記者不可或缺的工具，不管是傳統的卡帶或是 MP3 甚至是 MD 都有人用，原則上只要音質清晰、收音方便都可以。

### （三）手機

對廣播記者而言，是最方便的傳送工具，現在電台提供給記者的配用手機，通常都會有上網和照相功能。電視媒體中，多家新聞台也試行在必要或搶時效性的特別狀況，利用手機進行新聞採訪。

### （四）傳輸線

依照記者其他設備規格，配備相關規格符合的傳輸線路。

### （五）麥克風

一支收音效果良好的麥克風，對廣電媒體記者而言是非常重要的，但麥克風的擺放位置，收音場所也會影響到新聞報導的呈現效果。由於記者經常會有必須追著受訪對象跑的需要，因此許多記者都會把麥克風的線路換成較堅韌粗一些的尺寸，或採用目前更普遍的無線麥克風，以免推擠採訪時電線被踩斷而影響收音。

廣播電視記者在訪問收音時，有些技巧是必須注意的，特別是麥克風與受訪者的距離是否適當？太近氣音容易噴麥，太遠的音量太小或不夠清晰，一般麥克風應放在受訪對象嘴唇前下方約一拳頭遠的距離，收音才不致模糊，也不會遮住受訪者的面容。有時媒體記者也會彼此幫忙，將各家媒體的麥克風委託給位置最理想的記者拿，這也是為什麼媒體多半會製作印有媒體字樣標誌的麥克風套，以突顯自家媒體有在場參與採訪的印象，電台雖然沒有畫面，也可以利用麥克風套透過電視媒體的曝光，打打自己媒體的知名度。

### （六）燈具

主要是在光線不足的環境中提供攝影機拍攝電視畫面主題所需的基本光線（又稱基光），另在特定訪問中可用以提供對環境或主題人物描述所需較具設計的光源。電視記者常用的燈具一般包括攝影記者可裝在攝影機上的彈袋燈及簡易採訪用的立燈組（常包含主燈、輔燈、背燈及景燈所需的燈具）都是常備用具。

## 三、廣播電視新聞常用的採訪方式

規劃性的新聞採訪，是所有記者最基本的新聞來源，通常中央通訊社每天都會有一份各機關本日重要行程活動表，與政府首長相關行程清單，記者可以挑選有新聞價值的活動，前往採訪，有些單位甚至會備好新聞稿供記者參考，但一個負責的好記者，還是不該照單全收，如何斟酌判斷，不要淪為發稿單位的免費廣告窗口，記者必須有高度職業警覺。

守候與重點式的採訪，依然是廣電媒體記者常用的採訪手段，主跑政府部會機關的記者通常都會每天到部會報到，從翻閱相關文書資料或與平日熟稔的工作人員套消息來找尋新聞來源，有新聞鼻的記者經常可以從一些不起眼的蛛絲馬跡中，找到重要的新聞題材。營造友善縝密的人際脈絡，是好記者起碼的工作態度，不只是採訪對象，和同業間的友好關係，往往在需要支援的關鍵時刻，都可以意想不到的效果。

對於突發新聞的掌握與機動能力，也是記者的重大考驗，目前台灣的媒體環境，經常會出現，一家報導，眾家跟進的情況，廣電媒體記者看報紙找新聞的情況也始終存在，但這種跟進式的報導方式，其實並不值得推薦。

內勤採訪也是廣電記者在時間有限，人力不夠，或時效緊迫時最常採用的方式，記者或是編輯人員在辦公室內就可以進行的電話訪問，在業界是非常好用的採訪選擇。唯一美中不足的是，收音品質還是比不上當面採訪來的清晰，電視媒體則會面臨無畫面可用的狀況，一般只得運用資料畫面或檔案圖片應急。

## 第二節　廣播電視新聞的呈現

### 一、廣播電視新聞的呈現基本形式，可分為

#### （一）乾稿（Dry）

也就是沒有新聞聲音及影像的部分，單純以文字新聞稿方式撰寫，提供主播以口播方式播出。篇幅不宜過度龐大，否則閱聽人一直接收單一的音源很容易造成聽覺疲乏。

### （二）記者過音稿（OS）

記者敘述新聞事件的報導稿，廣電記者在剪輯新聞資料時，一般會搭配取得的現場影音資料，並錄音報導新聞內容。在專業上我們稱之為「過音」，是記者剪輯新聞帶的第一道程序。

### （三）受訪者訪問音（Bite）

鑒於受訪者在訪問過程往往做出過多的陳述，不合於廣電新聞精簡的表現形式，所以記者必須精簡其說話內容，以求順利在 40 秒到 2 分鐘內完成報導。因此，報導中往往只能擷取訪者陳述語句中重要的一段話，也就是「掐 Bite」。

### （四）乾稿夾聲音檔（Sound on-SO）

這種方式通常是在，時間相對緊迫，記者無法完整報導的過渡期做法，有時也會出現在內勤記者電話採訪時做剪輯應用，通常是記者先撰寫文稿後由主播讀出，關鍵字句要引用受訪者的原音，例如：馬英九總統今天發表就職演說，在演說中他特別重申兩岸關係中不統不獨不武原則：（tape 馬英九原音）。通常，在受訪者原音前後，主播稿前後文字會說明原音的新聞關聯意義，以便聽眾了解前因後果。

這類新聞稿，通常受訪者聲音不會剪得太長，若真的有超過一分鐘以上，有經驗的主播會補述一下以上是誰的講話，談什麼議題，以免聽眾搞不清楚聲音來源是誰。

### （五）新聞背景說明（Background sound-BS or Nature sound-BS）

由主播唸稿子說明只有背景音（電視另有畫面）的新聞內容，一般也是在記者取得內容但無暇進行後製剪輯的情形下的應急播報形式。在播放廣播背景音或電視新聞畫面時，由主播同時直接說明該新聞呈現的資訊。

### （六）報導（Sound on tape-SOT）

這可說是廣播電視新聞最常見的呈現方式，記者會將採訪所得的資料完整歸納整理，並自己錄音讀出，受訪者的聲音也安排在報導中播出，由於報導經常是在採訪現場做收音或攝影，能讓聽眾有身歷其境的感受，是廣電新聞中較有立體感的呈現方式。

## 二、其他廣電新聞稿相關名詞

廣電新聞稿另有一些結構上的專有名詞也是記者應知道的基本知識：Live 為現場連線時記者提供主播介紹該則新聞的稿子；Opening、Standing、Ending 分別說明電視記者在新聞報導的開始、中段、與結尾出現在畫面中解釋新聞的模式，一般用在重要且有必要強調記者被派遣在特定場合的新聞。

考慮到廣電媒體，新聞要輕薄短小的特性，通常廣電記者會對同一個新聞事件，做重點切割，以符合各家公司主管對每則新聞的時間要求，通常是以不超過一兩分鐘為原則，實施滾輪式新聞的新聞專業電台及電視台更會要求記者報導盡量在一分鐘內完成，以方便現場新聞時間掌控。

滾輪式新聞，是指新聞的編排模式，以一個小時為一個單位，做滾動式的循環接續播出，也有學者稱之為旋轉門式規劃（Revolving Door Programming），這種模式在每一小時的特定時間都必須穿插固定短單元，因此對時間掌控必須更加精準。

在重點切割方面，為方便編輯編排，也避免造成聽眾混淆，或新聞過長，失去收聽收視的耐性。有時一個新聞事件，會切割成多個主題，例如：一場外交掮客吳思材的爆料記者會，就可能切割為：建交經費究竟是多少錢？官員所扮演的角色？後續的司法程序等多個不同重點發稿。

同時，廣電新聞的處理也可以有以下形式：

## 一、專題

廣電媒體受制於播出型式，往往無法像雜誌或報紙等文字媒體做出較為深入的分析評論，而有流於淺薄的缺失，每則電子媒體新聞的壽命一般而言也只有短短的一天，在這種基本情勢下，專題報導，就成了廣電記者的另外一種呈現方式。顧及到聽眾的聽覺感受，廣播電視專題通常時間以五到十分鐘為宜，若真是篇幅過長，有時也會以節目形式或分集做成系列報導模式。專題不同於一般新聞，只客觀陳述新聞事件本身相關的 5W1H 等資訊而已，而是要有更深入多角度的探討，背景的說明等更深刻的內容，在要求精緻後製的情況下，專題也是較沒有時效壓力的。

許多新手記者會把深度報導簡化為長度報導，只是把播出受訪者的影像聲音剪長一點，讓報導的時間拉長，並沒有做到多角度的採訪，通常一個完整的專題報導，會兼顧平衡原則，有多位受訪者音源和更深入的資料納入，讓閱聽人聽完之後，能像閱讀專業雜誌般有更深入的了解與思考。

## 二、現場報導與實況轉播

廣播電視新聞有許多機會會應用到現場報導或實況轉播：各種重要會議、典禮，例如：吳胡會、扁馬會、總統就職演說等。還有國會議事的重要過程，重要的頒獎典禮、重大的災變現場、突發的社會事件，例如：圍捕要犯張錫銘、陳進興等。當然在沒有專屬體育電台的情況下，許多重要的球類比賽，也是由記者擔綱負責做實況轉播的。

實況轉播，顧名思義，就知道記者必須要立即而忠實的陳述現場狀況，所以當然不可能有事先撰稿的可能，機警的反應及快速的思考組織表達能力，在這種採訪任務中是基本的考驗，不同於電視記者有畫面的補強，觀眾可以自己看到現場狀況，廣播記者則是大到環境天氣、事件本身的發展，小至當事人的服裝、現場的氣氛甚至氣味，都得靠記者的口述。

因此廣電記者除了受訪者的訪問之外，幾乎是要不間斷的說話報導，更重要的是，要能即時分析出事件的輕重緩急，排出優先報導的順序，提供聽眾即時的資訊並帶出臨場感，有些場合（例如：球賽、記者會）甚至會準備兩組麥克風，一支收現場背景音，一支供記者口播使用，以便呈現出最貼近現場的效果。

由於廣播電視是強調及時性的媒體，因此許多轉播的同時，可能記者會或正式的典禮活動仍在進行，如何在上線轉播的同時不打擾現場的秩序，並持續掌握現場發生的狀況，都有賴於記者本身的經驗和會前的預做安排。通常電台需要做長時間的轉播時，是不能單靠手機通訊，畢竟聲音的品質，是廣播電台基本的要求，通常當球賽或大型活動要做電台轉播時，也都會跟電視台一樣架設專線，以確保傳輸訊號的穩定。有時記者甚至會同時以專線轉播球賽，再以網路 MSN 即時通訊，和台內的編輯台保持聯絡，有經驗的記者往往可以做到一夫當關，即可完成全部作業。

電視媒體因為考慮到影音畫面必須同時呈現，必須要出動整組導播、記者、成音、SNG 車、甚至 OB 車的整組轉播人馬及設備，經由微波或衛星傳送現場內容訊號回公司來進行轉播工作，在人力、設備及前置作業的安排上，要比廣播做更複雜及精確的安排。

## 第三節　廣播電視新聞的寫作原則及發稿觀念

廣電新聞與平面媒體新聞最大的差異在於資訊的可重複性。報紙的讀者遇到不清楚的地方可以重複閱讀以釐清觀念，或是在因故停止後再擇時接續閱覽，讀者可以有一定的主動性，但這在廣電新聞的表現形式上卻是不可能的。因此，為了方便觀（聽）眾對新聞的取得，廣電記者必須考慮其表形式必須能方便觀（聽）眾眼睛及耳朵的接收能力，新聞內容的表現結構及呈現速度必須是一般人可以接受的。因為這些廣電媒體對於一般廣電新聞寫作，有不同於平面媒體新聞的原則：

### 一、故事形式

廣電新聞因為是一種經由聽覺或聽視覺同步接收，故而表達形式不同於人們閱讀的文字格式。人們對視聽感覺是直接的經驗，習慣上常是用在對事件的觀察與陳述（故事），而非一種符號的轉介或符號的聯想。因此，廣電新聞在表現上也要符合這種視聽應用的習慣模式，必須能由新聞元素中挑選出具有吸引力的重點為主題，並依此做相關新聞說明，也就是找到故事中有吸引力的觀點，並以直接易懂的方式解說，就像我們一般跟朋友說故事一樣，才能夠吸引聽眾或觀眾接受新聞內容、以及在短時間內聽懂、看懂記者所要傳達的訊息。

廣電新聞的故事敘事結構主要由三個部分組成，包含了導言、本文與結語。導言一般是新聞報導最先陳述的兩到三句話，必須能給觀眾必須要聽或看這則新聞的理由，也就是提供能吸引聽（觀）眾的故事重點。因為要求產生新聞故事的吸引力，廣電新聞的導言不會像面新聞報導盡力涵蓋 5W1H，而只會針對其中較具吸引力的重點加以陳述，一般記者會針對其中兩到三個重點新聞元素加以說明，而把其他相關元素在其後的本文中再加以說明。

本文即為新聞報導的主體，記者往往用以解釋導言中所提及的事件背景及發展過程等資訊，因每則廣電新聞的時間限制，內容必須依循導言發展，不要過度說明，如有必須報導的重要枝節，則應另以相關新聞進行報導。結語是用於給予該則新聞明確的觀察點提示，或告知此新聞或未來可預期的發展，同時提示觀眾此則新聞已經完成報導，所以絕對不應該在此提出新的新聞觀點，也不應該陳述沒有清楚解釋的模糊概念。結語必須簡短而精確，國內有些記者或許基於個人的社會責任感，常在結語中加入個人意見而非新聞陳述，如「呼籲每個人都應擔負守護社區安全的責任」、「這種行為是一種非常不好的負面教材」等等，這種陳述其實已經脫離新聞本體，是不專業的做法。

廣電新聞的報導經過簡化的新聞價值選擇，使得內容變成較單純易懂，另經由新聞主播在主播稿對新聞的介紹、導言、及結語對新聞點再三的提示，也因此容易讓聽（觀）眾產生相關記憶。

## 二、口語化

廣播電視新聞稿的寫作除了基本的新聞寫作要領之外，最重要的就是口語化的表達方式，許多文字媒體經常使用的艱澀精深詞彙，並不適合電子媒體，文字媒體常用的括弧表示加重語氣或反諷語氣，在廣播電視播出時很難呈現，撰稿記者必須考慮到播出的效果。用字遣詞也應淺顯易懂，應以能國中程度者都可以理解為宜。

## 三、時效

電子媒體隨時都可以是截稿時間，因此新聞時效的更新相當重要，但記者人力有限，不可能不斷重製報導，較簡單的處理方式是，在報導稿的稿頭中以最貼近的時態表達，例如今天，上午等，但在錄音的報導內容中則以月、日，等具體日期表示，如此一來當時態有變化時，只需主播在稿頭播出時自行修正即可，不會影響到報導內容的可用性。

對於發展中的重大新聞事件，電子媒體記者的更新掌握也是絕對必要的，例如災難事件的死傷人數、颱風的最新動態等，都有必要隨時補強更新。

## 四、詞彙多樣化

在廣播電視的口語播報時，很忌諱用詞過度重複，類似的辭意的辭彙應用的越豐富越好，句型的應用也不宜太落俗套，例如：喜歡 XX 的人有福了。或者是有道是賊星該敗，這類已經過度濫用的句型，其實還不如一針見血的直接陳述。對事件的陳述不宜過度形容，或加入太多個人價值判斷。

稿件的鋪陳要合乎邏輯。許多記者為了增加稿件的曝光率，會把類似網站熱門關鍵字的概念，應用在新聞稿的處理上，明明是毫無相關的兩件事硬是為了搭上熱門新聞而東拉西扯，例如：油價高漲與失眠治療新藥發表，根本是不相干的兩件事，實在不必為了搶新聞熱，刻意做過度跳躍的邏輯連結。

## 五、重點分割與篇幅精簡

先前提及，廣電新聞每則報導不宜超過兩分鐘，在篇幅有限的壓力下，記者一定要學會取捨，撰稿抓重點，擷取受訪者的談話，也要抓最重要的關鍵錄音，一則新聞一個重點，不宜過度龐雜，當一則新聞發生時，除了陳述事件本身的主稿之外，也可以有多角度的配合稿供編輯台搭配應用，主線記者還應該有通報編輯台的概念，例如：跑立法院的記者，報導立委衝突事件，除了快速發稿外，還應該主動通知編輯台，請司法記者準備採訪之後的立委要到地檢署按鈴申告的後續新聞。對媒體本身而言，其實所有記者都應該有團隊的概念，而不是只有單打獨鬥獨善其身的思考。

## 六、廣播電視記者的口語訓練

不同於平面記者，廣播電視記者的口語表達還是有一定水準要求的，雖然不至於一定要抑揚頓挫字正腔圓，但口齒清晰、條理分明，仍應自我多加練習，期許能做到讓閱聽人，輕鬆理解，聽新聞不會變成讓人昏昏欲睡的沉悶負擔，畢竟這是一個以語言呈現的新聞媒體。

## 七、廣播電視新聞報導注重效率

廣播電視是一種在限定時間內完成內容呈現的媒體，一般廣播電視新聞都必須在一兩分鐘之內完成一則新聞報導。依照專業上一般要求每秒中播報 4-6 個字，一則新聞一分半鐘長度的新聞，至多不過 540 個字，所以新聞報導內容無法像平面媒體般要求新聞全面性的報導，而必須以能抓住明確新聞重點方向來思考。

故而在字句組成上必須注意以下幾項寫作原則：（一）語句應簡短、直接、明確；（二）多運用主動語法陳述；（三）避免使用大眾不熟悉的簡稱；（四）語句用字不要精簡化；（五）標點符號應標示清楚完整；（六）明確說明並解釋數字的意義。

總而言之，廣電新聞的呈現方式是在一定時間的格式內以聲音或影音文成新聞說明的新聞形式。記者因此必須能清楚運用口語陳述的新聞事件，電視記者更必須對環境具有影像觀點擷取的能力。同時，廣電媒體記者必須能善用周邊硬體設備來進行報導，以求能達到及時報導的媒體要求。而廣電新聞稿的呈現必須是簡單而明確的故事化結構。

### 【思考問題】

1. 平面新聞記者如果要轉到廣播或電視新聞部工作，在專業能力上，他需要做甚麼不一樣的考量及修正，才能符合廣電媒體新聞製作要求？

## 【實作作業】

1. 試將一則 1500 字以上的報紙新聞改寫成廣電新聞稿，包含導言、本文、及結語三段的故事結構。
2. 分析一則廣播或電視新聞報導內容，依照本章所述內容，分別就結構、報導技巧、以及內容處理方式加以分析說明。
3. 以廣播或電視的新聞報導形式，製作一則班級、科系、或校園內最近發生的事情。

## 【參考書目】

熊移山（2002）。《電視新聞攝影》。五南圖書出版。

馮小龍（1996）。《廣播新聞源理與製作》。正中書局。

Hausman, Carl( 2007 ).Philip Benoit, and Lewis B. O’Donnell. Modern Radio Production, 7th ed. Belmont, CA: Wadsworth.

Geller, Valerie.（2007）. Creating Powerful Radio. Burlington, MA: Focal Press.

Stephens, Mitchell（2005）. Broadcast News, 4th ed. Belmont, CA: Wadsworth.

# 第八章　新聞與數字

陳郁宜　編寫

在一篇文章中提到現代人生活中要記的數字非常多，如身高、體重、出生年月日、身分證字號、住址、電話號碼、存摺號碼、密碼、信用卡號碼、學生證號碼、公車號碼、價格。顯示數字與現代人的生活息息相關，而我們的生活被數字所包圍。

在每天接收新聞資訊中，也會碰到很多數字：如災難新聞中的死傷人數、股票指數的漲跌、美金與台灣的匯率變動、薪水的漲幅、物價指數、經濟成長幅度、就業率、入學率、失業率、錄取率、離婚率、出生率、死亡率、治癒率、犯罪率、破案率，甚至是法案的幾讀通過等，都再再顯示新聞中充滿著數字。

## 第一節　新聞中的數字

基本上，數字是死的，但在這些數字背後卻呈現著不同的意義，媒體就是要幫助閱聽眾解釋這些數字的意義，讓數字會說話。就如生活中的數字，時常也代表不同意涵，如：38-24-38 常會讓人想到三圍，如：0、1 會讓人想到電腦代碼或同性戀，如：38，如：95 之尊。同樣的，新聞中的數字也常代表著不同意義，如災難新聞的死傷人數多寡，即可知是否是重大事件；如股票指數的漲跌，成交量的多寡來看股市的榮枯；如經濟成長幅度看社會經濟的狀況是改善或是衰退；如離婚率高低看出現代人婚姻觀的改變；如法案的幾讀，知道法案的進行情況；如犯罪率高低可看出社會治安狀況的好壞；如利用民意調查支持率的高低來代表施政是否受到肯定；如選票（得票率）高低來看民眾的支持程度等。

在任何採訪路線上的記者都會遇到數字新聞，只是在數量上有時會有些差異。多數而言，財政經濟新聞中會涉及到的數字會比較多，尤其在現工商社會經濟活動熱絡的時代，舉凡財政新聞、經濟新聞、金融新聞、產業新聞、股匯市新聞等，信手捻來都是一堆數字。在體育新聞中，數字更是新聞的命脈，包括比賽成績、各種紀錄等。綜合新聞中記者時常會引用的數字類別大致有以下幾類：

一、民意調查（問卷調查）：這是以抽樣的方式，來了解特定或一般民眾對某一項議題的看法。問卷調查是一項很複雜的設計工作，除了要會設計問卷外，如何抽樣、如何統計都需要小心，且有專門學科教授。同時，民意調查是否正確預測，視抽樣方法是否正確，及樣本是否具有代表性。

　　對記者而，或許無法十分學理的了解調查的技巧，但起碼要知道如何看懂問卷並解釋其含意。一般常見的調查內容從政治方面的施政滿意程度，到生活的消費調查種類多樣。

二、統計資料：常看到的統計資料有些是將數字依據現實的變化予以呈現出來。如股票的價格是呈現每天的最高、最低、收盤價、成交量，讓股市投資人得以由此統計資料中獲得自己想要的資訊，以決定投資策略。另外也有的統計資料是將得知的數據，以數學計算方式予以記錄、整理，而藉由計算過程了解其間的變化，尋找其意義。如由每月車禍次數、造成傷亡人數，並進一步計算平均死亡年齡。

新聞中的數字雖然很多，但在引用一個數字之前，記者的首要工作是注意數字的可信度，也就是要了解數字的合理性，不可以立刻就相信數字加以報導。以民意調查為例，得先了解是否是調查單位的故意放話，以免被利用。又如一個數字出現，以常識判斷是否可能有所偏誤，例如計算每人每天的用水量達，但估算卻發現過多時，可能就是數字有誤，都須再查證後才可進行報導。畢竟報導數字正確性是最重要的，如果不正確則失去報導的意義，甚至傷害了媒體的公信力。

## 第二節　如何解讀新聞數字

常有一句話說「數字不會說謊，只有說謊的人才用數字說謊」。由另一角度來說，是指數字的意涵靠不同的解讀就會有不同的意義，因數字本身是死的、固定的呈現，單純由幾個阿拉伯數字組合起來。但若給予不同意義、不同解釋，有時就會呈現完全不同的結果。所以記者就必需以其專業做客觀的報導，以達到正確的傳達數字新聞所透露的真意，也就是要讓數字說話，而且是說真話。

### 一、如何看新聞數字

在面對數字新聞時應如何看數字，可以由以下的方法著手：

#### （一）找出突出點

即最高、最低、最快、最慢、最多、最少。無論是民意調查或統計資料都會看到一堆數字，在這些數字中，可以嘗試著去找到它的突出點。如：民意調查各部會首長施政滿意度，就可以去找出那一部會首長滿意度最高或最低。如：研究所考試，找出那五所錄取率最高，那幾所錄取率最低。如：台北市地價那兒最高、那兒最低。一般新聞中「最」的部分，都是具有新聞價值的地方。

### （二）找變化

利用比較的方式，找出它的變化，可以是有變化或沒變化，或變化呈現遞增或遞減。如對同一主題的民意調查，可以比較幾次間的差異，或是呈現出來的趨勢如何。

一般在找變化的時候，常會利用一些計算來找出重點。如民意調查，會利用加法，非常滿意與滿意的百分比加總，或非常不滿意與不滿意的百分比加總。有時也會以成數呈現，即 10%為一成，當用成數表達數字時，有時會尾數亦呈現出來，如一成三、四成二等；否則可估為「約」多少成、「近」多少成。另外，在找變化時，有時也會利用減法及除法，如欲計算兩次調查的成長率，但須注意何者是基數、是分母，否則就會計算錯誤。

### （三）同時注意量及比率的改變

有時在報導數字新聞時，只是給數量，但記者可試著由比率上的改變，去發現是否表達出不同的意義。因有時數字所呈現出來的數量占全體比率雖然不高，但是增加的比率卻相當驚人，若只看到數量或許不覺得具有新聞性，但分析了增加趨勢，則新聞性就完全展現。而此時也就會利用到一些數學的簡單運算。

## 二、如何理解新聞數字

數字不會說話，是人的解讀讓數字說話，而正確的理解數字的意義，才能讓數字說正確的話。在理解新聞數字時，應注意以下幾個重要原則：

### （一）確切了解統計名詞的定義

在數字新聞中的很多社會性及經濟性統計數字，這類數字都來自公務統計資料或政府主持的大規模調查，在數據上都有其公信力，但這些統計名詞都有其一定的定義，在報導前應先加以了解正確使用，才不會發生錯誤。

### （二）可適時的尋求協助

對於一些專業數字，記者固然要對採訪的主題有基本的了解，但有時仍可以找相關的專家，如分析家、企業負責人、學者、甚至競爭對手等，協助解讀數字的意義，請教專家聽取他們的見解，提供不同角度的看法，有時更有助於掌握訊息。

# 第三節　如何撰寫新聞數字

一、單純的新聞數字，最重要是數字的無誤，但錯誤還是時常發生。所以媒體在對新聞中若有數字出現，都會再三確認，以免報導錯誤。

在新聞稿中對於數字應如何撰寫，各媒體都會有規定的體例要求記者遵循，如數字是要寫國字或阿拉伯數字。但有些數字的呈現方式則是一致的，如田徑、游泳等田徑新聞，若小數點後有兩位數字，是電動計時的數字，如十秒五〇，不可寫成十秒五十，一分零秒六三，不可寫成一分零秒六十三。又如科學或醫藥新聞有特定的數字使用法，如人口出生率都是以千分比為計算標準，不可以擅自改為百分比。

同時，數字時常也都會配上度量衡單位，在書寫上也要注意，如是公斤、台斤；英里、海里或海浬、日圓不是日元，ppm 是百萬分之一、ppb 是十億分之一。另外，有很多報表因數目過大，也都會註記是以千計或以萬計甚至是以十萬計，記者在報導時可得計算清楚，否則是失之毫釐、差之千里了。

二、民意調查是以倒金字塔的方式撰寫

(一) 在導言部分通常是把最重要的數字點出來。也就是由閱聽眾的角度去思考民意調查中的數字，那項會是閱聽眾最關心的、或是與閱聽眾最息息相關的，就將此數字抽出放置導言中，自會最吸引閱聽眾注意。

(二) 在軀幹部分則要注意：

1. 一般來說，第二段應該呈現無法納入導言的重要內容，或是對導言的內容提出更進一步的說明，其它各段則應逐段描述各項發現。
2. 在安排各段的內容，每一段最好只描述一項發現，以遵守新聞寫作一段一主題的原則。
3. 段落與段落之間也應使用適當的轉接句，使段落間的轉接順暢，以維持新聞的可讀性。
4. 最後說明調查過程與方法。在新聞的最後一段，說明這項民意調查的過程及方法，並不表示這些資料是新聞中不重要的內容，相反的，這些資料是每一則精確新聞報導都應該具備的內容。

(三) 若調查的結果內容很多，則應加以篩選，可以分成幾則新聞處理，不必全部放在同一則新聞之中，以免閱聽眾無法吸收，明確的掌握報導內容。若真的一定要放在同一則新聞之中，那每段的主軸就應很清楚，同性質的題項在同一段落處理，閱聽眾才容易理解吸收。

(四) 既是數字新聞，在報導中就別忘了要引用數字，用具體的數字來說話，而不是空泛的報導何者高、何者低、何者快、何者慢，但閱聽眾卻都得不到具體的數字。

三、其他數字新聞的撰寫，如一些統計數據，則應如前面的說明，去找出它的突出點、變化點，並可將此發現置於導言中，並在軀幹中對此發現予以說明，即可使數字新聞具有意義及可讀性。

## 第四節　撰寫數字新聞注意事項

對於撰寫數字新聞除了掌握數字的正確外，在新聞報導中還應注意以下事項：

一、要周全：以問卷調查為例，美聯社執行編輯協會，就建議在報導問卷調查新聞時，在文中應交代的部分：

(一) 誰委託、誰支持或誰執行這項調查。這有時會涉及立場問題。

(二) 刊出問卷中的問題，以免失之偏頗。因不同問題會產生不同答案，即使相同問題，不同措辭也會有不同結果。

(三) 指出抽樣母體。以了解樣本是否具有代表性。

(四) 提出樣本數及樣本資料回收率。原則上樣本數愈大，抽樣誤差小，研究結果較可靠。

(五) 抽樣誤差，以評估研究結果及推論可信度。

(六) 新聞報導的內容是民意調查的全部結果或部分結果，因這會影響報導的公正性。如某項調查共有十個題目測量選民對執政黨政績的滿意程度，而結果顯示選民在八個題目上對執政黨表示滿意，只有兩項表示不滿意。但如果報導時只選擇對政黨不滿意的兩個項目，而對選民認為滿意的八項則不提或略為帶過，這種只報導部分結果的方式，則無法呈現調查結果，更違反了報導的正確及公正的原則。

(七) 訪問方式。因各種方式有其不同的限制，如太多開放式問題，較得不到答案。有時題項是開放式或封閉式也會呈現不同結果。

(八) 進行訪問時間。有時調查的時效性很重要，需看是在何時做的調查。有時在不同的時間點上做調查，因當時的時空環境有差異，也會使調查結果不同。

但以報紙的版面或電子媒體的播出時間限制，在進行民意調查報導時，要達到以上的標準是有其困難。但至少記者在取得相關資料時，都應對這些資料進行查核，才能先判斷是否應予報導。

至於其他的統計數字都有資料來源或數字的計算過程公式，都應在報導中交代清楚。

二、不宜過度解讀。由於數字是靠記者解釋，但要注意在數字表達和推論過程中有時會有陷阱，當解釋過度使數字表現的意義超過它實質的意義時，就反使數字新聞失去報導的意義，有時反而是誤導閱聽眾。如在談男女人口比例上因男多於女，就推論到男人會找不到結婚對象，但這是應看適婚人口中的男女比例才可能下推論。

三、應就可能發生疑問部分加以說明。如：以問卷調查為例，都會有一說明或記者會加以說明、澄清。所以在拿到數據資料時就應針對各數字加以詳加了解，並做確認。

四、需注意數字本身會出現的問題。如：或然率、偏差和混淆、變異的程度、樣本數大小等。同時，面對數字是百分比、成長率或指數之類的比值，要注意其基數的大小或實際的內涵。因其即使數字相同但所代表的意義卻是不同的。

五、必要時可予以新聞數字表格化。有時資料是給予一堆數字，並未加以整理，此時即可利用表格的製作，將各類數字予以歸整，並附上新聞的說明，具有相輔相成的效果。

六、除了少數有關研究方法與研究過程的重要資料外，其它艱難的統計研究專用術語，如研究假設、變項、操作性定義、卡方分析、迴歸分析等，應避免放在新聞中。

面對愈來愈多的數字新聞，要如何培養新聞數字的解釋能力：

一、具備專業知識。事實上有很多數字新聞是有關財經新聞，包括財政、金融、股市、經濟、產業等。這類型新聞都會有很多數字報表，是較專業的內容，更需要記者以其專業為讀者解讀，所以相關的知識一定需要加以充實。

二、儘可能了解新聞背景，以慢慢看出端倪，找出潛在問題。對於新聞主題背景愈是充分掌握，愈可能發現數字所代表的意義。

## 【思考問題】

1. 請針對一份相同的民意調查結果，比較不同媒體報導內容的異同，並試著分析差異的情形及原因。

## 【實作作業】

1. 請上主計處網站找出近十年來的人口統計資料，試寫出一則新聞稿。
2. 請上行政院網站找出一份政府所做的問卷調查，試著寫出一則新聞稿。

## 【參考書目】

方怡文、周慶祥（2003）。《新聞採訪寫作》。風雲論壇。
王洪鈞著（1991）。《新聞採訪學》。正中。
石麗東著（1991）。《當代新聞報導》。正中。
李利國　黃淑敏譯（1995）。《當代新聞採訪與寫作》。密蘇里新聞教授群著。周知文化出版。
沈征郎（1992）。《實用新聞編採寫作》。聯經。
馬西屏（2007）。《新聞採訪與寫作》。五南出版。
康照祥（2006）。《新聞媒體採訪寫作》。風雲論壇。
張裕亮主編（2007）。《新聞採訪與寫作》。三民出版。
郭瓊俐、曾慧琦譯（2004）。《新聞採訪》。五南。
陳萬達（2001）。《現代新聞編輯學》。揚智。
聯合報編輯部（1994）。《聯合報編採手冊》。聯合報。
羅文輝（1991）。《精確新聞報導》。

# 第九章　硬性新聞路線採訪

許志嘉　編寫

採訪路線是新聞記者在工作時非常重要的專業分項，不同採訪路線有不同的特色與專業，記者要依照其採訪路線做好採訪經營工作。簡單地說，新聞路線就是記者主跑的新聞，有的時候一個人要負責一條以上的新聞路線，有的時候則是好幾個人負責一條新聞路線，而新聞路線就是區別新聞記者之間不同工作分際的基本分別。

由於新聞路線非常多，為了便於說明不同的新聞路線的差異，在新聞傳播教學時，往往會簡單地分為「硬性新聞路線」與「軟性新聞路線」，讓學生們可以更清楚了解，新聞路線的區別。

「硬性新聞」與「軟性新聞」基本上沒有完全截然的劃分，一般而言，所謂「硬性新聞」是指那些比較嚴肅的新聞，比較屬於國家社會重大事件的新聞，一般而言新聞內容對民眾比較生硬，比較需要花時間了解，例如：政治新聞。所謂「軟性新聞」是那些比較生活化的新聞，比較屬於一般民眾生活周遭的新聞，一般而言新聞內容對民眾較輕鬆，很容易就可以接近，不必花太多時間去思考便能了解，例如：影劇新聞。

本章與下一章將介紹硬性新聞與軟性新聞的不同，及採訪時應注意的問題。另外在硬性新聞中的社會新聞，其中較涉及法律層面的犯罪新聞報導，將另闢專章再做深入說明。

# 第一節　硬性新聞主要路線

硬性新聞主要路線可以包含政治新聞、財經新聞、社會新聞、兩岸與大陸新聞等。

## 一、政治新聞

所謂政治新聞就是指與政治有關的新聞路線，中央政府部門、國會基本上多屬於政治新聞，在媒體的編制上，一般屬於採訪中心政治組或政治中心的記者負責採訪政治新聞。

政治新聞一直都被媒體視為重要路線，政治組或政治中心的組長或主任往往也是升任採訪中心主任、副總編組、總編輯的熱門人選。因為，政治新聞長期以來一直是主流媒體報導新聞的重點，即使目前社會或生活新聞是許多媒體報導的重點，但政治新聞仍然是多數媒體最常關注的頭版新聞。

## 二、財經新聞

所謂財經新聞是指與經濟、金融、財政有關的新聞，中央政府有關財經部會、股市、企業等都是財經新聞採訪對象，隨著民眾對財經的重視，財經新聞的重要性日益提高，在媒體的編制上，一般屬於採訪中心財經組或財經中心記者負責採訪財經新聞。

財經新聞向來也被視為是重要路線，但一般而言，有更多的專業取向，有些媒體集團就單獨成立財經媒體，有些專業財經新聞工作者有時便往這些獨立的專業財經媒體發展。在經濟發展日益受到重視的時代，財經新聞受到關注愈來愈高，是許多民眾關心的重要新聞路線。

## 三、社會新聞

社會新聞是指與社會發生的犯罪、災難、人情趣味有關的新聞，警察局、司法單位往往是採訪的主要對象，司法與犯罪新聞（本書第十一章有專章說明）是社會新聞的主要內容，但社會發生的天災人禍與人情趣味新聞也是社會新聞處理的重點。在媒體編制上，一般屬於採訪中心社會組或社會中心，許多地方中心的記者也要負責各地的社會新聞。

社會新聞過去並不特別受到重視，但近年來媒體市場出現八卦化或重視社會新聞的現象，社會新聞比以往更容易登上頭版，也受到更多的重視。有些媒體甚至以社會新聞為頭版頭條新聞的主要來源，使得社會新聞受到重視的程度遠高於以往。

## 四、兩岸與大陸新聞

兩岸與大陸新聞是指台灣與大陸或大陸發生的新聞，由於兩岸的特殊關係，兩岸與大陸新聞成為一個特殊的路線，有些媒體直接將大陸新聞置於國際新聞，有些媒體則單獨成立大陸新聞中心處理相關新聞，並且有兩岸版來報導有關新聞。

兩岸與大陸新聞是台灣特殊的政治發展下的產物，由於大陸與台灣過去無法密切互動，兩岸新聞採訪受到政治因素的限制，雖然很多民眾認為兩岸關係很重要，但兩岸新聞的報導仍無法像其他國際或國內新聞一樣開放。隨著兩岸關係的發展，兩岸關係日益密切，兩岸新聞交流也日益開放，兩岸與大陸新聞雖是比較專業的新聞，但也受到不少民眾的關注。

# 第二節　政治新聞

## 一、主要採訪路線

政治新聞包含路線非常多，主要可再分為兩大路線，一是府院新聞，一是國會新聞。

### （一）府院新聞

所謂府院新聞主跑的路線就是指總統府、行政院等相關機構的新聞，相關機構包含：總統府、行政院、考試院、監察院、內政部、國防部、外交部、僑委會等部門機構。

### （二）國會新聞

國會新聞主跑的是指立法院的新聞，國民代表大會還存在時，過去包含國民代表大會，除了立法院之外，國會新聞組一般會分黨團跑新聞，有時負責某黨團的記者同時也負責某個政黨的新聞，因此，國會新聞記者往往也負責政黨新聞。

## 二、經營採訪路線的主要原則

主跑政治新聞時，一般而言，記者應注意經營採訪路線的主要原則如下：

### （一）了解政治體制與運作

負責主跑政治新聞的記者一定要了解當前國家的政治體制與運作的情形，對於基本的憲政體制、黨政運作情形都要有基本的了解，不僅只是自己負責的部會，整個國家體制的運作都要相當清楚，如此，才能夠做好一個政治記者。

台灣的政治體制非常特殊，政治記者便須對這樣的體制有所了解，從憲法到憲法增修條文的內容都應讀通，如此，對於整個政治體制有了基本了解，較容易切入採訪的實境。同時，對於政治運作的現況也要有所了解，也就是說，對於台灣的政治環境有基本的了解，清楚了解政治、族群、黨政運作的情形，如此，較容易掌握採訪的重點。

### （二）熟悉重要政治人物

主跑政治線的記者必須對這條路線的主要政治人物非常熟悉，如此，才能和採訪對象建立良好關係，不論是取得獨家新聞、專訪等，都較容易達到。

對主跑總統府路線的記者而言，當然必須和總統接觸過，如果總統能夠隨口叫出某位記者的名字，顯然這位記者經營總統府的路線便相當成功，因為，當總統認識這位記者，相信副總統、秘書長、副秘書長、總統辦公室主任、發言人等，記者也都能夠熟識，要進一步取得重要採訪訊息，或是安排獨家專訪，相信也會更容易。

## （三）保持客觀、價值中立

政治路線非常敏感，常常涉及到政治意識形態或價值觀，因此，記者在主跑政治新聞時，應該要保持客觀、價值中立，避免介入政治鬥爭，或者輕易表達自己的政治偏好，如此，便容易使讀者認為記者的報導不公正。

雖然目前有許多記者很輕易，或毫不避諱地表達自己的政治立場，但對於政治新聞記者而言，在採訪報導時一定要保持客觀中立，如此，才不會與主跑路線的官員過於親密或過於對抗，因為，這樣這會陷入自己的主觀喜好與意識，對新聞的客觀公正有很大影響。作為一名政治記者可以在評論稿中發表意見，但在採訪以及寫作新聞稿時一定要注意客觀中立的原則。

## （四）建立良好人脈

人脈是記者取得新聞來源非常重要的管道，一名好的記者一定要在主跑的新聞路線上建立良好的人脈，如此，才能夠比其他記者跑出更多的獨家新聞，更深入的好新聞。

良好的人脈首先當然是主跑路線的主管官員們，部會首長、副首長、新聞發言人、司處長等主要官員，都是記者必須積極建立人脈的對象。主管政務官員對政策全盤了解，與他們建立良好關係，便有助於掌握該部會的動向；至於事務官層級的主管官員，他們長期負責相關業務，對部會的政策業務相當熟悉，與他們建立良好關係，可以更了解部會的運作，有時更可以獲得更深入的好新聞題材。

事實上，除了部會的主管官員之外，一名記者如果能夠與部會重要首長的司機、秘書建立良好關係，有時也能夠獲得重要的新聞消息來源或找到一些新聞線索。因此，這些可能會接觸到重要資訊的人員，也是政治記者在經營人脈時要特別注意的對象。

### （五）具備個別路線專業知識

主跑政治線的記者除了對基本的政治體制和運作要有所了解外，對於自己主跑部會的專業知識更要充分了解，如此，才能夠採訪到更深入的專業新聞。

每個部會都有不同的專業知識，例如主跑外交部的記者，當然就得了解台灣目前的邦交國情況，參與國際組織的情況；此外，對於國際情勢的發展也必須隨時掌握，有基本的了解。主跑國防部的記者當然得了解國防安全的專業知識，對於武器、軍備也應有所了解；此外，對於外國與台灣的軍事關係也要關心。主跑立法院的記者，對於立法院的議事規則當然要非常清楚，對立法院的黨政運作能夠清楚掌握，如此才能夠做出正確的報導。

## 第三節　財經新聞

### 一、主要採訪路線

財經新聞的路線記者主要採訪的對象包含兩大部分：一是負責政府財經相關政策的部會，另一部分則是實際運作的企業與股市等。

### （一）財經部會

政府的財經部門負責規劃執行財經政策，是財經記者採訪的重要對象，所謂財經部會新聞便包含負責規劃執行政府財經政策的主要部會，例如：經建會、財政部、經濟部、交通部、公平交易委員會、中央銀行等部會。

### （二）企業與股市

企業與股市新聞是財經記者主跑的重要路線之一，包含國營企業、產業公會、重要企業、銀行、股票市場等，也都是財經記者主要的採訪對象。

## 二、經營採訪路線的主要原則

主跑財經新聞時，一般而言，記者應注意經營採訪路線的主要原則如下：

### （一）了解各單位職掌

財經部會雖然都主管與財政經濟相關業務，但事實上，財經路線內容有相當大的差異與其專業性，主跑財經部會的記者一定要先了解該部會主管的業務職掌，才能夠清楚了解自己採訪的內容。

例如，財政部主掌的財稅業務，便與經濟部職掌的經濟業務有很大的不同，經建會負責的業務又有不同，記者主跑相關部會一定要了解清楚，否則就容易鬧笑話，特別是代班的記者，或一名記者主跑多項路線時，都容易發生錯誤。過去便曾發生，經濟部記者詢問有關財政部業務問題的笑話。

## （二）具備財經專業知識

財經專業知識是主跑財經路線記者必須具備的重要知能，財經路線有很多不同的專有名詞，一般而言，記者在大學時代如果未主修過相關課程，對一些專有名詞便不清楚，更不用提專業知識。如果主跑財經路線記者對財經專業知識不明白，便不容易把路線經營好。

財經專業知識需要靠進修與學習，傳播科系學生在學校時最好能研習基本的經濟學等課程，如此，對於未來成為財經記者會較有機會。當然，如果有興趣走財經路線的記者除了研修課程外，應該多看看相關的財經書籍，了解財經專業知識，如此，才能增加自己的競爭力。

至於線上記者更須時時注意充實自己的專業知識，因為，很多專有名詞，一旦引用錯誤便可能引起很多的誤解，也影響到記者及媒體本身的公信力，必須特別注意。

## （三）了解相關財經術語

除了專業知識外，財經專業術語也是主跑財經路線記者必須了解的重要內容。特別是有些記者要主跑不同路線，或須代班，此時，如果對相關路線專業術語無法理解，往往會讓人質疑記者的專業，甚至影響報導內容。

許多財經部會記者會、文稿都會直接使用財經術語，甚至企業主、股市也有不同的術語，傳播科系學生們至少在學習期間能夠有所了解，對於未來進入財經路線會更有機會。

已進入職場的線上記者們對於專業術語的掌握也要很精準，如此，才能夠精確將資訊傳播報導給民眾，也才能夠建立記者與媒體公信力。

### （四）建立良好人際關係

人際關係也是經營財經路線的重要原則，但值得注意的是，財經路線的人脈往往重視專業知識，主跑路線的部會首長或企業主對於專業知識較佳的記者，往往會有較好的印象，專業知識較好的記者也較容易建立良好的人際關係。

當然，除了高層的人際關係之外，要爭取獨家新聞，記者如果能夠與部會重要首長的司機、秘書建立良好關係，往往也能夠獲得重要的新聞消息來源或找到一些新聞線索。對財經記者而言，這些可能會接觸到重要資訊的人員，也是經營人脈時要特別注意的對象。

# 第四節　社會新聞

## 一、主要採訪路線

### （一）主要採訪報導內容

社會新聞涵蓋面向非常廣，舉凡犯罪新聞、災難新聞、人情趣味新聞都是社會新聞主要採訪報導內容，也因此，社會上的喜怒哀樂消息，很多都歸社會新聞記者負責。由於社會新聞很多都涉及周遭事務，且 24 小時皆會發生社會新聞，主跑社會新聞相當辛苦，因此，許多剛入行的記者時常被分配到這個路線，有些無法適應記者工作的人往往在社會組或社會新聞中心待沒多少天就離開新聞工作。

## （二）採訪對象

社會新聞路線記者主要採訪對象可以分為兩大部分，一是警政單位，一是司法單位。

### 1. 警政單位

社會新聞就是發生在我們生活周遭的事，而對我們生活四周發生的事最早知道的，往往就是警政單位，舉凡各級警察局、消防單位等，都是時常接觸到最直接的社會新聞的單位，也是社會記者最常採訪的重點對象。

一旦發生犯罪事件、災難新聞時，警察單位往往是第一時間接獲通報的對象，因此，社會記者往往要在警察局「駐點」，比較不會漏掉新聞，因為，幾乎所有社會新聞都會在警局留下紀錄，警察局可以說是主跑社會新聞記者最重要的採訪對象。

### 2. 司法單位

司法單位也是社會線記者主跑的重要對象，包含法務院、調查局、各級法院，這些司法單位是處理各種犯罪、災難偵辦與最後的判處結果的地方，社會記者也要負責跑這些單位，才能夠了解到各項社會新聞的後續發展。

## 二、經營採訪路線的主要原則

### （一）維持與警政單位的密切連繫

社會新聞幾乎是 24 小時都在發生，比其他新聞的機動性更高，相關部會還有下班時間，下班後的新聞較少，但社會新聞採訪對象常常沒有下班時間，警察局 24 小時都有人執勤，因此，要經營好社會路線就必須與警政單位保持密切的連繫，才能夠掌握新聞事件。

由於社會新聞隨時會發生，記者也不太可能 24 小時都待在警察局等新聞，因此，與警政單位保持密切連繫，隨時掌握發生的新聞，是經營社會新聞非常重要的基本工作。

### （二）注意新聞內容的正確

社會新聞的報導對象往往是民眾本身，而不是公眾人物或公共資訊，報導內容必須更注意正確性，因為，這些都攸關到民眾的權益，一個小小的錯誤，有時連更正啟事都不夠處理。

例如，社會新聞報導火災事件事，當事者的名稱、火災地址，如果出錯，很可能引起民眾抗議，過去還發生過報導錯誤，記者被民眾提出告訴的案例。因此，記者在報導社會新聞時，必須更仔細查證每個相關當事人的名字、每項細節，以避免錯誤的發生，帶給當事人很大的困擾，也帶給記者和媒體很大的困擾。

### （三）主動發掘具人情味的新聞

經營社會新聞路線除了如同一般路線去經營發生的事件外，記者應該更主動去發掘一些不被特別注意到的心情味新聞，除了災難、犯罪之外，社會上還有很多有趣的風土民情、奇人奇事、好人好事、待關心的問題等值得採訪，記者應主動發掘這類新聞。

社會新聞就是發生在周遭的新聞，有時常常被我們所忽略，可是，一名好的記者，如果仔細觀察，用心查訪，可能可以寫出一則非常感心的報導，將社會的黑暗面、溫馨面挖掘出來，從小故事來說明社會現象，如此，報導會更精采，也能吸引閱聽眾的認同。

### （四）培養專業知識

社會新聞雖然是許多新聞工作者入行時最早接觸到的路線，且是周遭事件為主，但也具有很高的專業性，記者也不可輕忽，不是努力經營路線即可，對於社會相關的法令也要有所了解，才不會犯下採訪的錯誤。

社會新聞內容時常與犯罪、災難等有關，而這些問題往往會涉及法律，不管是刑法、民法等問題，記者對於這些法律或相關訴訟程序也要有所了解，一來可以更正確報導相關新聞，二來，對於自己採訪過程避免觸法也有幫助。

### （五）建立良好人脈關係

良好的人脈關係是經營社會新聞非常重要的一項原則，特別是社會新聞 24 小時都在發生，一個不注意可能就漏掉新聞，因此，建立良好人脈，即使記者不在現場，都會有人通知到場採訪，人際關係不好，即使已發生大事，記者也在現場，也可能搞不清楚方向。

例如，一名與警察人員關係良好的記者，發生重大事件時，即使人不在警局，可能會有好友，通知他出事地點，甚至大概內容，這名記者既不會漏新聞，甚至可能比其他同業更早一步抵達事發現場，取得更多獨家或第一手消息。因此，建立良好人脈關係更是經營採訪社會新聞路線時，必須特別注意到的原則。

## 第五節　大陸與兩岸新聞

### 一、採訪對象與新聞來源

大陸新聞路線與其他路線不同之處，在於其採訪對象不在國內，但由於兩岸的特殊情形，不是所有媒體都將之視為國際新聞，因此，出現了大陸新聞與兩岸新聞。

目前受限於兩岸法令，兩岸記者可以到岸駐點採訪，但仍然不是全面性自由的駐點採訪記者，仍然有時間與採訪地點等的限制。但長期以來，大陸與兩岸新聞的處理就不只依賴記者前往大陸採訪，還有其他方式，取得新聞消息來源。

#### （一）赴大陸採訪

赴大陸採訪當然是報導大陸新聞最直接的方法，目前媒體記者前往大陸採訪基本上有兩種狀況，一種是駐點採訪，一種是專案採訪。駐點採訪是記者固定在大陸某個城市定點進行採訪工作，輪流在大陸駐點工作，工作時間一到，就要由另一批記者接替採訪；專案採訪則是記者因為大陸發生特定的事件，申請前往採訪特定的議題，時間與地點都與議題有關。

在目前的經驗上，我國媒體有些赴大陸駐點採訪，有些則沒有派記者駐點採訪，而是以專案方式，特別事件才前往採訪。

### （二）電話訪問

除了直接到大陸採訪外，記者可以透過電話採訪大陸的當事人或新聞來源，透過電話訪問一樣可以取得第一手消息，彌補無法到大陸親自採訪的不足。

通常大陸官員不容易接受電話訪問，但如果事情緊急，透過電話或許可得到隻字片語，了解問題概況。此外，也可以訪問大陸學者專家的意見，增加報導的內容。

### （三）翻譯外電、國外報紙

外國通訊社、外國報紙有時報報導大陸新聞時，仍然有些獨家或特別的消息，為了取得更多的資訊，台灣處理大陸新聞的記者也會透過翻譯外電、國外報紙等方式來取得最多的新聞消息來源。

### （四）新華社、大陸報紙、香港報紙

除了外國通訊社、媒體報導之外，大陸新華社每天也會發出大量新聞資訊，提供了台灣記者報導新聞的參考，同時大陸的報紙、香港的報紙也會提供不同的消息，使得無法到大陸採訪的記者可以取得相關資訊。

值得注意的是，由於兩岸的特殊政治情勢，大陸媒體的報導又有自己特定的報導方式。一般而言，大陸媒體報導屬於黨的宣傳系

統一部分，宣傳成份很重，再加上兩岸用字不同，台灣記者在轉載報導時，要特別小心。

### （五）陸委會、海基會

在國內採訪兩岸新聞的記者主跑的路線就是行政院大陸委員會與海基會，陸委會負責台灣大陸政策的政府部門，海基會則是負責直接推動兩岸交流的半官方機構，是採訪兩岸新聞的兩個主要部會機關。

## 二、經營採訪路線的主要原則

### （一）具備大陸問題專業知識

主跑大陸新聞，不論是否赴大陸採訪，都必須具備大陸問題的專業知識，很多人認為，大陸與台灣一樣都是講中文，只有簡體字與正體字的不同，並沒有什麼大差異。事實上，兩岸分隔多年，雖然 1987 年恢復交流，但兩岸的政治體制與社會文化已有所不同，甚至有完全不同的解讀與體制。

因此，記者在主跑大陸新聞時，至少對於中國大陸專業知識要有所了解，對於大陸的政治體制、經濟體制、社會、文化意識形態、外交等有基本的入門知識，如此，才不會在報導時出現錯誤或笑話。

### （二）熟悉大陸政治運作

中國大陸政治體制與台灣相去甚遠，政治運作也差別很大，負責大陸線的記者要特別注意大陸政治運作情況，才能確實掌握大陸的實際新聞內容。

中國大陸是以黨領政，因此，在政治運作上，黨的地位便很重要，記者要注意到這樣的區別，如果以台灣的角度來看待大陸，往往就無法正確掌握大陸情勢。因此，經營大陸線的記者應該要對於大陸的政治運作有深刻的了解。

## （三）注意大陸官方宣傳

媒體是大陸官方宣傳系統的成員之一，大陸的新聞消息來源較封閉，雖然改革開放多年，但對於政治等敏感新聞仍然以官方一言堂的報導為主，因此，記者在引用大陸官方報導時要特別注意報導內容中的宣傳用語。

由於大陸新聞來源的受到限制，即使人在大陸採訪，很可能都需要利用到當地的媒體報導來協助記者從事新聞報導工作，因此，記者在適當使用大陸官方媒體的報導時，要特別注意哪些是宣傳部分，哪些是實際的新聞，如此，才能夠做出更好、更客觀的報導。

## （四）大陸官方對採訪的限制

大陸官方對於媒體在大陸的採訪還是有相當多的限制，不如台灣採訪一般自由，記者在大陸採訪時要特別注意，有些採訪申請限時、限地，記者如果沒有注意，往往會影響到本身的權益。

過去便曾發生，某電視台記者申請到北京採訪人大、政協兩會，但是卻把攝影機拉到福建報導軍事演習，因而遭到大陸官方留置問話的情況。也曾經發生過台灣記者在大陸參訪時報導一則新疆獨立運動清息，引起大陸留置問話關切。

台灣記者在大陸採訪要特別注意大陸的法令限制，否則一不小心違反當地採訪原則，影響到自己的權益，不可不特別注意。

### （五）建立良好人脈關係

在大陸採訪並不容易，但也要建立好良好人脈關係，才能夠採訪到最新、最獨家的消息，當然，如果是在國內採訪兩岸新聞陸委會與海基會的官員，也是要經營好人脈關係，才能跑出好新聞。

### 【思考問題】

1. 什麼是新聞路線？
2. 硬性新聞路線基本上包含哪些路線？
3. 何謂政治新聞？經營政治新聞時有哪些原則？
4. 何謂財經新聞？經營財經新聞時有哪些原則？
5. 何謂社會新聞？經營社會新聞時有哪些原則？
6. 何謂大陸與兩岸新聞？經營大陸與兩岸新聞時有哪些原則？

### 【實作作業】

1. 請同學分成若干組，針對硬性路線新聞進行分組，分別採訪報紙、廣播與電視的線上記者，了解這些記者採訪該路線的經驗，經營該路線的原則，新聞工作中有哪些獨家或值得分享的新聞採取工作。並將採訪結果作成報告，於課堂中報告，與其他同學分享。

## 【參考書目】

方怡文、周慶祥（2007）。《新聞採訪寫作》。台北：風雲論壇。
馬西屏（2007）。《新聞採訪與寫作》。五南出版。
張裕亮主編（2007）。《新聞採訪與寫作》。三民出版。
郭瓊俐、曾慧琦譯（2004）。《新聞採訪》。五南。
聯合報編輯部（1994）。《編輯部編採手冊》。聯合報。

# 第十章　軟性新聞路線採訪

陳忠義　編寫

新聞集團（News Corporation）執行長梅鐸（Rupert Murdoch）於 2007 年 12 月接下《華爾街日報》（Wall Street Journal）後，不到一個月的時間，就要求編輯「擴充」（expand）非商業新聞的報導，增加「更軟性」（softer）的版面，如體育、娛樂新聞。

事實上，《華爾街日報》這 3 年的「身段」已放軟，原先一週出報 5 天（週一至週五），從 2005 年 9 月 17 日這個週末，每週六也出報，稱為「週末報」（Weekend Edition），增加一落報導旅遊、體育、藝評、書評、餐飲、娛樂等等，甚至還有食譜。

《華爾街日報》「週末報」受到媒體圈、廣告界的重視，也深獲讀者好評，在梅鐸未接手之前，該報即有計劃乘勝追擊，將週末版擴大成雜誌型態，要於 2008 年 9 月推出。

《華爾街日報》這份週末雜誌，將與《紐約時報》的 T Style（T 就是 Times 的縮寫）、《英國金融時報》（Financial Times）隨週末版附贈的 How to Spend It 雜誌，形成三大具有影響力的質報，深根報導「豪華」產業的消費雜誌，就如《新聞周刊》（Newsweek）在 2008 年 5 月 26 日這期的封面主題「不會下沉的豪華」（Unsinkable Luxury），豪華產業後市看好；根據尼爾森調查（Nielsen）公司的資料，年營業額 1500 億美元的豪華產業，廣告預算雜誌占 76%，報紙才 22%，這就可以理解這些質報加強報導「豪華」產業的原因。

不論哪一類媒體所刊登的內容大體可分成兩大類：一是受眾者（讀者）「必需要」（Need To）閱讀，與「想要」（Want To）看的內容，資方與編輯部門在這兩大類新聞作選擇，而發展出每一家媒體的風格。

此外，媒體的發展也必須與時俱進才能跟上時代的腳步滿足讀者的需求。曾任《洛杉磯時報》總裁的湯姆‧強森（Tom Johnson）說過：「讀者不要一份報紙，他們要一份『有用』的報紙（People do not want a newspaper，they want a use paper.）。」

《紐約時報》在報頭左方始終登出一句話 All the news that's fit to print（所有適合刊登的新聞），但在 1976 年 11 月 10 日起每週三推出 Living Section（生活版），隔年 3 月 17 日推出 Home Section（家庭版）大受讀者歡迎後，也推出一個新的廣告訴求：More than just a news。

《紐約時報》從 1976 年到 1978 年推出好幾類專刊版，分別在週一至週五刊登，拓展報紙報導的範疇，這些內容大多屬讀者「想要」閱讀的內容，可以說是 Times with Time（與時俱進）的成功變革。因此 1977 年 8 月 15 日這期的《時代雜誌》（Time）封面人物是當時的發行人薩茲伯格（Arthur O. Sulzberger），他穿著睡袍坐在床上閱讀《紐約時報》「家庭版」（這些週刊版仍延續至今，但有些版的刊名稍有不同），《紐約時報》增加「軟性」新聞報導的領域，不論在發行或廣告都帶來成功的業績；從三十年前《紐約時報》推出生活版、餐飲版、家庭版到今日《華爾街日報》也終於走入「私領域」「更軟性」的報導，可以觀察媒體如何因應生活、消費方式的變革，調整或增加報導的內容。

台灣媒體也隨著社會的演變，在報導內容也有許多變化，1970 年代開放觀光後各報旅遊版面相對增加，1980、90 年代歐洲名品陸續在台開設店面，帶動品牌消費報導的興起，90 年代葡萄酒、雪茄的風行帶動餐飲新聞的報導。

本文僅就旅遊、精品消費、餐飲等三類新聞的採訪寫作作一敘述。

## 第一節　軟性新聞的特性

### 一、機構 vs.個體

政治、經濟、外交、交通、教育等傳統所謂的硬性新聞（Hard News），可歸為是讀者「必須要」知道的新聞，其新聞來源大多來自政府機構，如行政院所屬的各部會。

但旅遊、精品消費、餐飲等新聞採訪對象，絕大多數屬於民間的商業活動或個體營業行為。

以旅遊新聞為例，雖有觀光局，但採訪路線通常劃歸為採訪交通部的記者，本文所敘述的旅遊新聞採訪大多屬於與消費者或讀者有直接關係的領域，如旅行社、安排旅遊行程、觀光景點、機票、旅館、購物、餐飲、商務旅遊等等、或者包括他國在當地設立的旅遊推廣單位。

精品消費新聞，泛指產品與消費者直接關係的新聞，如新產品上市、流行服裝、化妝品、皮飾、配件、美容美髮、設計師等等，至於該產品所屬的某家集團經營者的變動、營業狀況、股市變化則屬於商業新聞記者的領域。

餐飲新聞包括廚師、餐廳、餐飲從業人員、食材供應商（含種植、養殖、製作、經銷等）飲品與飲料。這些新聞的採訪對象大多屬於個人或個體，如廚師、葡萄酒商、釀酒師等等。

## 二、記者會、公關稿 vs.獨立採訪

旅遊、精品、餐飲業者既與消費者有直接的關係，部份業者非常善用公關運作，經常舉行記者會或發佈新聞稿，增加在媒體的曝光率，創造銷售業績或保持品牌知名度。

記者每天會收到無數類似新聞的公關稿，若有新聞價值，則應主動向發稿單位求證，或根據此份公關稿另作採訪，不宜照單全收，甚至一字不改全文刊登。

精品代理商挾著國際行銷的手法、純熟的公關運作，非常有系統、有組織的影響記者，業者提供公關新聞稿，配上相當「精美」的圖片，甚至附上「試用品」；有些編輯部門甚至認為刊登這類圖片能「美化版面」，特別是精品類的產品，尤以流行時裝為盛。甚至以刊登廣告配合為誘因，所以很多精品報導，都變成公關新聞稿的園地。長期下來，國人從媒體對品牌的認識仍處於「流行性的消費」，因此更顯得「獨立採訪」的重要。

旅遊、精品消費、餐飲新聞應朝「編採合一」方式運作，針對當時的情境設計主題，記者主動採訪。

旅遊（特別是國際旅遊）不應只是接受外國旅遊局的邀請（招待）才出國採訪。一般讀者出國旅遊，從行程安排、訂機票、訂旅館，到當地的食衣住行都得親自一一面對或與旅行社打交道。但記者被招待出訪則不會面臨這些實際的問題與情境，難怪多年來，國內旅遊新聞的報導，都只是觀光景點的介紹，對讀者無法提供「實際有用」的資訊。

旅遊是過程，而不只有目的地。記者筆下的觀光景點，在各類旅遊叢書已有詳細的記載，在抵達目的地之前，還有許多的「如何」，旅遊記者應提供類似「有用」的資訊，給讀者參考。

除觀光旅行外，本地媒體在「商務旅行」的報導仍有待開發，商務旅行與票務、航空公司、簽帳卡甚至旅館、餐飲都會有直接的關係，而且各領域因市場的差異，讀者需要這種「有用」的新聞。

另外，這些年來，餐飲報導似乎佔據媒體（含電視）相當版面，而且頻率似乎比外國媒體更多（英文媒體大多每星期刊出一次）但大多只著重在餐館的報導。

至於與餐飲相關的領域，諸如食材、自家烹調、葡萄酒、飲品與飲料、餐飲禮儀以及國際餐飲等等，仍有很大發展空間。

媒體可以主動規劃許多餐飲題材，依季節、事件、讀者需求主動採訪，建立媒體記者在餐飲領域的權威。

## 第二節　記者應具備的條件

### 一、專業的養成

多年來媒體常指派沒有太多採訪經驗的記者採訪旅遊、精品、餐飲新聞，當這些年輕的記者稍有經驗後，則又被服務的單位改調到其他所謂「重要」的路線。

長期以來媒體常把「軟性」新聞，類似旅遊、精品、餐飲新聞路線認為是次要的新聞，但旅遊並不只是觀光，精品並不只是流行，餐飲也不只是吃喝而已，專業與靈活的外語能力在這三條路線格外的重要，因為記者所需要的資訊與採訪的對象都經常要使用到外文。

歐美與日本這些較現代化與工商活耀的國家，旅遊、精品、餐飲的專書汗牛充棟、日新月異，專業期刊推陳出新，因此養成

sophisticated 的讀者，相對的媒體記者不能只是根據公關稿發新聞，或只是採訪公關負責人寫些浮面的報導。

記者的專業報導不只是消費者的 guide 也常成為業界的參考。媒體應培養專業的「軟性路線」新聞記者，而不是讓這類版面成為沒有經驗的記者初試啼聲的舞台；甚至，媒體應重金禮聘網羅、且尊重這些領域的專業人士為媒體效命，建立深入、權威的報導。

## 二、外語能力

旅遊、餐飲、精品消費新聞運用外文的機會相當頻繁，旅遊新聞需出國採訪，餐飲新聞（中餐除外），常有機會採訪外籍廚師或葡萄酒釀酒師，到酒莊採訪，精品消費新聞，有機會採訪到設計師或品牌經理、外商駐台主管等等，具備熟稔的外文能力，可閱讀更廣泛的資料，與受訪者直接互動，都有益於採訪；若能都懂其他外語則更好。

## 三、寫作

雖是軟性新聞，但既是新聞寫作也講究導言與 5W1H 的原則，但旅遊、餐飲、精品消費新聞的寫作，可以有較多的「彈性」。

諸如，容許用第一稱的寫法來呈現一篇報導，不只用記者的眼與鼻，甚至用記者的心思，把讀者帶到現場，《紐約時報》週三的餐飲版、週四的時尚版、週日的旅遊版；《金融時報》週末版的餐飲、旅遊、購物報導；英國的《泰晤士報》，甚至《華爾街日報》也都如此。

雖是如此，但在報導中仍有訪問與引述，而且不只有單一新聞來源，最重要不能只是記者的「純寫作」。

## 四、專有名詞與中譯

本地讀者以中文閱讀是理所當然，但旅遊、餐飲、精品消費新聞的報導，不可避免會有些外文，像較不常出現的地名、街道名、人名、餐廳名、品牌名、菜單、葡萄酒等等。

一般而言，譯名都循「約定成俗」來處理，但菜單、葡萄酒、餐廳名、街道名、某些不是廣為人之的品牌，不論是音譯或意譯，都很難拿捏，甚至弄巧反拙，避免讀者混淆或不知所云，直接寫出原文是較妥善的方式；若非要中譯，則盡量用音譯，但依定要附上原文。

有些品牌並不需要中譯，如時尚品牌 Mango、Zara、roberto cavalli、Prada、Celine、Jil Sander、Etro 等等；葡萄酒名如 Dominio de Berzal、Domaine des Perdrix 等；餐廳如 Spotted Pig、Fleur de Sel 等，都不必要有中譯，對讀者原文資訊才有用，特別是地址、菜單，若只登出中譯，對讀者是無意義的。

另外，有關翻譯的幾個值得關注問題包含：

### （一）先中後外或先外或中

為便於國人閱讀習慣，一些以廣為人之的地名或品牌，都直接使用熟悉的中名，如香奈兒；或者把中譯置於原文前面，括弧內為原文，如文華東方（Mandarin Oriental）。

但進一步思考，對讀者「有用」的資訊是 Mandarin Oriental 而不是文華東方酒店，因此在報導外國品牌或品名時，宜用「先外或中」，也就是先登原文中譯在括弧內呈現，原文才是「真名」，中文翻譯只是便於閱讀而已。

### （二）取中文名稱的外國品牌

有些品牌為方便拓展本地市場，而取一個中文名字，就如當年西方傳教士到中國傳教取中文名是同樣的道理，但那是一百多年前閉關自守的年代，今天處在國際化的時空，若不知該品牌的原名，等於被蒙蔽。

中譯尚可接受，若另取中文名，與原名毫無關係，記者不應該依照廠商的新聞資料照單全收，又不附原名，對讀者是不公平的。最典型的例子是，在台灣媒體有一款香檳稱之為「香檳王」，原名為 Dom Pérignon。香檳王容易誤導讀者是一之最好的香檳，雖然 Dom Pérignon 是一之評價很高的香檳，但稱「王」就值得討論，但媒體都沿用公關稿稱「香檳王」，讀者出國若像服務生點「香檳王」，不知會送上怎樣的香檳？

## 五、提供有用的資訊

記者有機會親臨現場實地體驗，或訪問當事人深入訪談，但讀者是評記者的文字來拼湊圖像，因此提供是當可用的資訊是必須的。

旅遊報導不應只流於遊記式的寫作，但也不是資料的堆砌。

旅遊報導要有地圖配合指出正確的方位，或選擇一個較廣為人知的地點（如國際航線抵達的入境都市），在標出所報導的目的地，諸如沿那一條公路？多少車程？多少公里等具體的資訊。

文中也可以很自然出現具體的資訊，包括買一瓶水或啤酒的價錢，當時是幾月天溫度約多少，入住的旅館也可適當的描述，點些什麼菜都可以自然變成有用的資訊。

餐飲報導在文末要寫明地址、電話、營業時間、接受哪些簽帳卡，若有網址也可附上。

有時僅寫地址是不夠的，還應跟讀者告知適當的方位，以紐約媒體在報導餐廳為例，還告知讀者位在哪個地段。如：

Gramercy Tavern

42 E.20th St.（bet. Broadway & Park Ave. South）

Gramercy Tavern 位在紐約市 20 街東 42 號，括弧就告訴讀者，它是介於百老匯大道與南公園大道之間。有的更貼心告訴讀者從哪個地鐵站出入：從 14st-Union sq（聯合廣場站 14 街出口）

營業時間：也是國內餐飲報導忽略的資訊，餐廳的營業時間有很多差異，有的中餐後至晚餐前是休息的，有的休週一整天，有的週一晚間有營業，週五週六週日都有不同的營業時間，至於公定假日，各家有各自的營業方式，因此都要交代清楚。

其它像是否需要事先定位、是否有穿著的規定、是否接受孩童、是否有殘障用道、是否收開瓶費等等。記者報導時都要問清楚。

## 【思考問題】

1. 外文能力為何對本文所述的軟性新聞有如此重要的功能？
2. 提供有用的資訊與宣傳稿或廣告搞如何取捨與拿捏？

## 【實作作業】

1. 從 The New York Times 網站選一則有關餐廳的報導，與中時或聯合對餐廳的報導做比較。

2. 從 The New York Times 網站選一則有關 Fashion 的新聞，並翻譯前 3 段為中文。

## 【參考書目】

Financial Times 每週的 Weekend 版與每月出版的 How to spend it 雜誌

The New York Times 每週 3、週 4 與周日的相關專刊版與特刊

The Wall Street Journal 週末版

# 第十一章　犯罪與司法新聞

林全洲　編寫

警政署統計 96 年全國犯罪發生件數超過 49 萬件，其中暴力犯罪案件有 9154 件，搶奪、強制性交與強盜案是最多的前三項，也就是說暴力犯罪案件，每天平均發生兩百多件，這是媒體充斥犯罪新聞主因。

媒體大量報導犯罪新聞，首推 1997 年 4 月 14 日藝人白冰冰女兒白曉燕被撕票案。由於白曉燕遭歹徒陳進興等人綁架，從被綁、勒贖、付款、發現屍體甚至於歹徒竄逃各地，媒體在白家四週的守候、警方一舉一動，甚至於人質未脫困前，有媒體搶先報導，都讓傳播學者對媒體過度渲染犯罪而憂心，接續提出媒體自律要求。

其實媒體的自律，早在 1988 年 1 月 1 日報禁解禁前，平面媒體只能出版三大張時代，就有所改變。當時社會新聞習慣集中在三版，所以三版被稱為社會版；不過因應社會多元化，聯合報在報禁解禁前，先讓社會新聞退出三版，以生活等題材取代，稱為多元化新聞取向，這些努力在白曉燕發生後破功。

犯罪新聞在媒體界掛帥，來到 2003 年 5 月 2 日再度崛起，香港來台的《蘋果日報》創刊，外來媒體標榜的「兩體新聞」，也就是「裸體」與「屍體」照片大量使用，加上狗仔隊成軍，犯罪新聞勢力似乎從來沒有被忽略過，這也是媒體人不能不重視的路線。

# 第一節　犯罪新聞那裡來

什麼是犯罪新聞？依警政署的刑案分類，是以暴力犯罪、竊盜、毒品、槍械等四大類為主，會引起媒體有興趣的首推毒品與槍械，再來是暴力案件。其中暴力案件還可以再細分故意殺人、擄人勒贖、強盜、搶奪、重傷害、恐嚇取財、強制性交等。

近幾年來，詐欺集團的詐騙電話，以提款機轉帳獲取暴利；更進一步升級到利用網路交易犯罪，96 年就有 2 萬 9285 件，這些都是新興的犯罪新聞取向。

要報導犯罪新聞，得依賴消息來源。從官方到民間都有不同管道，想爭取犯罪新聞領先別人，最重要的是建立人脈，以掌握多元的消息管道，而固定的機關守候，則是不可漏失之處。

## 一、警政署

警察單位幾乎是犯罪新聞來源的大本營，依國內警政編制來說，警政單位領導人是警政署長，直屬打擊犯罪的重要幕僚單位以刑事警察局為最。

警政署之下是各縣市警察局、刑事偵察大隊；再往下還有數個鄉鎮市為一單位的警察分局與偵察隊；再往下走則是派出所。

對於一個初入門的媒體記者，經常可能負責一到兩個警察分局。早期媒體記者有個不成文規定，就是「一日三訪」制度。

警察的辦案原則，通常是派出所負責第一線工作，然後把調查結果、現行犯呈報給警察分局刑事偵察隊再調查，了解有無證據疏漏、再擴大追捕人犯之必要，再依刑事訴訟法規定，於廿四小時內，寫好移送書將全案解送地方檢察關裁定，就可以完成第一階段的刑事偵察工作。

所謂的「一日三訪」，是指線上記者，每天早上八點必到刑事偵察隊拜訪，先探悉前一晚，究竟有沒有發生什麼犯罪案件，然後再到轄區派出所轉一轉；下午四點回辦公室寫稿前，再走一趟偵察隊，看看八個小時內，有沒有新增刑事案件；晚上十二點媒體截稿前，再回偵察隊探訪，確保沒有遺漏任何新聞的可能。

在刑事偵察隊採訪，除了就刑事案件的立即移送以外，還有司法程序的「報驗」作業要注意。一般死亡，在醫院有醫師可以證明死因，是不需要司法程序「報驗」。

其餘如車禍等意外死亡，則要透過司法程序「報驗」，以確保當事人的死亡，沒有他殺嫌疑，這樣家屬才能領回遺體安葬。很多故佈疑陣的意外死亡案件，經查在「報驗」後逆轉，所以「報驗」案件，是有可能發展為另一則重大犯罪新聞開始，這是採訪上不能忽略的細節。

## 二、消防署

消防體系的編階，早期與警政系統採一條鞭管理模式，自從消防與警政分家後，媒體記者的採訪重點，在於消防單位於各地的119 救災中心。

為了掌握第一手消息，不少媒體記者會以守在消防 119 救災中心為，搶著跟隨著救護車出勤，往往能在第一時間到達現場，所以媒體記者採購無線電截聽消防體系的求救頻道，變成採訪工作的必備要件。這不見得是最佳的方法，但在強大競爭壓力大，卻經常看得見。

## 三、醫院急診室

消防體系的救護行動，第一個動作一定把有生命跡像的被害人，先送到醫院急診室急救。

依過去醫病關係，加上媒體記者，不可能廿四小時全年無休聽取無線電內容，在消防體系外，與醫院急診室警衛或保全人員建立關係，經常可以掌握到比別人更多的新聞來源。

## 四、葬儀社

相較於警政、消防體系，葬儀社是民間重要的消息來源之一。

前面提到警政體系的司法「報驗」案件，最早到現場的一定是葬儀社人員，也是民間所稱的「土公仔」，這類常年與屍體為伍的「專業」人士，往往比菜鳥警察，更容易判斷出是否有他殺的可能性。

葬儀社人員賺的是日後死者的喪葬費用，也只有他們是在檢察官與法醫未到場驗屍前，可以第一個進入現場的人，包括死者的死狀等，都能夠詳細目睹。媒體記者要描述死者的任何被發現時的蛛絲馬跡，往往得與葬儀社人員夠交情，才能夠拿到第一手資料。

另一方面，葬儀社人員之所能夠第一個到達現場，如果得到葬儀社人員的轉通知，想第一個到達現場採訪，也不會是一件難事。

## 五、受害者與被害人家屬

為了洞悉事件真相，依據警方提供的背景資料，詢訪被害人與家害人家屬，是在求取新聞的更周延性。

例如某件殺人案件，落網的兇手，片面向警方供述，他如何被欺凌，是在被壓迫下，才採取自衛性的手段攻擊對方。這是個片面之詞，如果全部依當事人所供述，對於死者而言，未必是公平的，所以探訪被害人家屬，讓不同意見的聲音出來，是具有意義的。

### 六、現場目擊者

在第一時間，到達第一現場，不只是人到而已，重點在於到達現場後，可以找到什麼樣的目擊者受訪。

例如金融機構的強盜案發生，媒體記者第一個到達現場，就必需要找強盜案發生時，人在金融機構的客戶、行員與警衛，重新還原強盜過程的一到三分鐘內的關鍵時刻。

尋訪目擊者，能化解消息單一來源，再佐以警政單位提供的新聞稿，無非是讓新聞內容更多元化。

## 第二節　司法新聞那裡來

### 一、地檢署與法院

在犯罪新聞採訪過程中，有人認為司法新聞最容易跑，也有人認為最難跑，其實只說對了一半。

國內法院、檢察署分為三級三審制，地檢署是最基層的檢察機構，地方法院也是審判體系的第一線。各媒體記者可能分院方、檢方兩大塊來處理新聞；院方是判決，檢方是起訴與否。

一般的司法案件審理，每天有上百件以上在進行中，在各地都是由書記官長就起訴、判決案件中，可供媒體發布者，會把相關文書列印出來，作為「新聞發布」之用，另一個發息來源，則是記者自己上網找刑事起訴、判決書。

有這麼多的消息來源，如果要混日子，憑這麼文書資料，就可以應付每日的工作量，但一個負責任的媒體記者，絕不會依靠這些資料就自滿，而是就案件的內容、法律條文的適妥性等，再深入追查。

檢察體系的特偵組，針對總統府國務機要費、縣市首長特別費，就是媒體記者與檢察官、辯方律師等，就可公開的資料進行抽絲剝繭，找到連日用品都核銷的不當使用原則。這樣的報導內容周全，才是司法記者的難處。

## 二、法警與法醫

法警或法醫或許是檢察體系裡的小螺絲，如果妥善運用，往往也可以獲得不少內幕來源。

法警的職掌，是任何被告被傳訊時的報到對象，所以任何名人在法院、地檢署的來來去去，法警最能掌握他們的行蹤；甚至於有些被告，要被收押或交保，法警都會是第一個與聞之人。

法醫則是先前一再提過的司法程序「報驗」的關鍵人。一般他殺案件，或可能肉眼能看出，但諸多加工殺人案件，或使用藥物害人，則需要經過法醫解剖得悉。

媒體記者的採訪習慣，對第一次驗屍，很多人會留意，但後續追蹤的解剖，可能被每日案件所遺漏。例如一名婦人在死亡多日後被發現，由於死者腹部因腐爛而隆起，掩蓋了可能懷孕的事實，只有透過解剖而真相大白，這樣的命案，很可能發展成一屍兩命的謀殺，所延伸出來的新聞報導內容，就足以領先同業。

## 三、情治單位

不同於警政、消防體系，國內重大犯罪案件的偵察，如毒品、經濟罪犯、公務人員貪瀆等，尚有法務部調查局等單位負責偵辦。

調查局除了局本部外，在各縣市尚有調查站，公務部門也有政風室等配置協助。依據刑事訴訟法規定，調查單位司法人員，對於任何案件偵防，還是要聽從檢察官指揮，這包括電話監聽、搜索票申請，都要事前請示檢察官。媒體記者要掌握先機，調查單位的各項運作，都可以加以打聽。

除了調查局相關單位外，軍事單位也有憲兵調查組的相似設置，也是聽從檢察官指揮，不過這是軍事檢察官權責，採訪難度會比較高些。

## 四、監獄與看守所

司法單位對於未被起訴的被告，是先收押在看守所，等判刑確定再移置到監獄執行。

這兩個單位之所以成為媒體關注的焦點，在於被收押的被告，過去曾發生利利戒護人員串供、藉機脫逃等行徑，加上監獄管理也有所謂的黑幕存在；兩單位不會主動發布新聞稿，可是採訪記者卻不能不建立關係。

過去新竹監獄曾發生受刑人暴動，就是媒體記者當天進入監獄探監，人被阻擋在內而得悉，並藉機採訪而成名，這一案例證明冷門單位也有熱門新聞。

# 第三節　素材的整理

## 一、移送書

不管是警方的刑事偵防，或者調查單位調查報告，重大犯罪新聞破獲時，警方或調查站依例會提供簡單移送書，或者新聞參考資料給媒體記者。

這類制式的素材，好處是提供包括犯罪嫌疑人基本年籍資料、犯罪過程與所觸犯的法條；警方不會提供的，包括如何布線抓人的經過，或者其他辛苦的一面。新聞素材的選擇上，這是基本資料，而非唯一的資料。

## 二、法庭記錄

法庭記錄，通常指的是書記官提供的新聞參考資料，即可供新聞發布的起訴、判決書。

目前常見的司法記者作為，是採取將起訴、判決書的內容重新消化，然後找新聞點來發稿。例如某縣市環保局，控告一位市民佔用道路堆垃圾，院方判決要求當事人一天內要消除垃圾。

這看起來件小事件，可是有媒體記者到堆垃圾的地方察看，卻發現被控告者，在同一個地方堆垃圾至少廿年以上，隨地惡臭難聞，更不可能在一日內移走，就算要移走，誰來收容垃圾呢？這則新聞經過重新包裝，就是新的新聞點所在。

### 三、民眾檢舉

民眾檢舉案件，在媒體競相增設爆料專線後，檢舉案件大增，但這些檢舉案件，有過半屬不實或者跨大的指控內容，如果沒有查證，很可能被控誣告罪，甚至於惹上誹謗官司，處理不能不慎。

要避免這類案件帶來困擾，一開始採取謹慎的處理態度最重要，最好能找到兩造雙方，對於指控作澄清，或者補足證據不足地方，讓自己站在不敗基礎。

### 四、網路連結資訊

網路消息，是民眾似是而非的傳播管道，愈來愈多的媒體記者把網路消息進追蹤，包括學生 BBS 網路、批踼踢內容引用。

這類消息不是不能用，而是能不能找到當事人來解說，或許可以證實網路消息的真實性。

網路文章、照片，也切記全部照本宣科，這牽涉到著作權法的規定，事實上很多媒體把網路資料當成素材的報導，未徵求當事人的同意，往往會帶來官司困擾。國內就有知名的自然生態攝影專家，他在網路上大量將照片傳上網，有大專學生為了取巧而引用在論文裡，結果引來違反著作官司，這是不能不注意的地方。

## 第四節　寫作模式

事件愈難，愈要用「腳」寫；日本新聞學者牧內節男曾經說過，「遇到錯綜複雜的案例，必需更頻繁的走訪現場，仔細檢討其中有關因素，然後才可以報導；記者再三到現場，是要用『肌膚』去察覺事實。」

## 一、基本報導

純淨社會新聞的寫作，是以警方移送書或起訴判決書為藍本，5W1H 守則，是報導必備的基本內容。

只是在寫作上基於刑法「無罪」推論原則，不管嫌犯承認與否，在基本報導階段，一律要以「嫌犯」來稱呼「被告」，甚至於是使用何種罪嫌移送法辦。

同樣的，被告也有對自己行為辯解的權力，當警方移送某一個人為「嫌犯」時，記者也應該設法訪問到「嫌犯」，任何的辯解內容，都可以作為報導平衡。而結尾當然可以依循警方推論的移送要旨為方向，讓兩造雙方的說詞可以並列。

## 二、尋找新觀點

基於用「腳」寫新聞的觀點，事實上資深的犯罪新聞記者，往往比菜鳥警察更能接近犯罪事實，原因是資深媒體人可以依現場的鋪陳、證據的呈現來推理，往往蔡鳥警察的思考方向更為縝密。

目前在社會版面，經常有資深媒體人，採用「就事論事」、「看問題」的角度，針對某些司法、犯罪事件，提供不同於辦案人員的思考角度，來解析刑案可能存在的盲點，這些推論當然是依據事實，而不是推理小說的自說自話，寫出來才能讓人信服。

### 三、要請教專家

媒體記者絕非全能的，遇到不懂的一定要請教專家，而不是自己假冒專家來解讀。國內某媒體就曾經要求記者找專家說明，但這名記者偷懶只有上網找資料，充當專家的意見，引起專家的不滿，向媒體老闆投訴，這名記者也因此遭到開除處分，可以看出媒體對於專家意見的重視程度。

這種請求教專家代表發言的情況，例如 2008 年 6 月台中市第六警察分局新建大樓樓啟用，在啟用的前一天，建商自己跑到臨時留置室（或稱拘留所）內過夜。然依法令，沒有犯罪的人員，是不可能如此稚入留置室，可是這名建商是「習俗」的理由，進入留置室裡過夜，好替自己改運。

這樣的模式，常人難以理解，當然得由民俗專家來「破解」，才能讓讀者信服。

事實上一些新的法令、刑事訴訟法的修正條文內容，都需要專家替讀者來解讀，所以媒體記者在平時，不妨建立自己的專家顧問群，對於採訪時所遇到的疑難解答，是有相當助益的。

## 第五節　犯罪新聞的安全守則

犯罪新聞的採訪領域，看似海闊天空，其實陷阱更多，要保護自己，以下幾個原則是不能忽略的。

## 一、偵察不公開

《刑事訴訟法》245 條第一款明文規定「偵察不公開」。面對犯罪、司法新聞採訪，媒體記者最容易遇上這個理由，但站在提供民眾知的權益下，記者卻要百般突破這種困境。

周全的人脈建立，對於事前案件本身的充分閱讀，可以讓資深記者向相關執法人員問了幾句關鍵話後，次日洋洋灑灑寫一大篇，菜鳥記者面對資深記者如此採訪時，這種挫折相當惱人。

不過「偵察的不公開」的重要性，最該用在擄人勒贖案件的報導上。基於保護人質的安全，在未確定人質死亡或脫困前，媒體記者是不能把案情曝光的，這是鐵則不能被打破。白曉燕案，就有媒體在人質未尋獲前曝光，而遭致總編輯出面致歉的結局。

有些案件，則不排除警察、司法機關為了誘引犯罪嫌疑人出現，而發布所謂假新聞的案例，站在媒體取信於讀者的立場，也應在全案真相大白時作說明。

## 二、精障案例

2007 年 7 月 11 日，總統公布《身心障礙者權益保障法修正案》，要旨在於「在法院判決確定案發原因可歸咎為當事人之疾病或身心障礙狀況，傳播媒體不得將事件發生原因歸咎為當事人之疾病或身心障礙狀況。」否則要被處以十萬元以上罰鍰。

以《聯合報》為例，媒體記者發稿常會逾矩，因而法務單位作出處理相關新聞報導的注意的有三點。

1. 不可用瘋子、瘋漢、瘸子、聾子、瞎子、啞吧、白癡等類似的歧視性名詞，稱呼身心障礙者，應寫為情緒失控者、肢障者、視障者、聽障者、語障者、智障者。

2. 報導精神病患犯罪特別要注意，精神病包括精神病、精神官能症、躁鬱症、憂鬱症、酒癮、藥癮，由於媒體報導時，法院都還未判決確定，所以寫稿時勿寫嫌犯有精神病、躁鬱症、憂鬱症、精神官能症、酒癮，藥癮，可改為情緒失控的某某、情緒失調的某某。
3. 2008 年 7 月 4 日施行精神衛生法，雖尚無罰責，因涉及隱私部分仍有可能發生民事求償訴訟，有關報導精神病患事件時，不要刊載全名及住所，僅刊載姓氏即可，如是少見的姓，應避免有其他可以看出身份的具體資訊。

## 三、性侵案件

依性侵害犯罪防制法施行細則規定，被害人姓名、資料等不得公佈，其用意在於保護當事人的身分，確保當事人名譽、新生的機會。

但常發生的事，許多人可能會因為陳年老案，加上媒體事前都曾報導過，而誤以為眾所周知。例如前某警界高官的女兒被性侵，13 年後破案後已是「性侵害犯罪防制法」、「強制性交易法」公布後，早先忽略掉保護當事人的必要，如今再重提，就應依新法來保護當事人，而不能忽視保護性，否則縣市政府告發後，一樣可處以三到十五萬元罰款。

## 四、兒福法的考量

兒童少年福利法中，對兒童及少年的身分權益、福利措施、保護措施、福利機構及罰責等，都清楚規範，任何人不得對兒童少年虐待、利用行乞、供毒、提供槍砲刀械、情色媒介或提供菸酒等不法。

如果違反兒福法案件，違反人甚至還要被處以公告姓名的處罰，比如讓兒童少年從事侍應或危險、不正當工作者，除處以罰款等外，也會公告姓名處罰。

畢竟未成年人不同於成年人，若受到侵害，所受創傷會遠大於成人，因而刑法規定有「加重其刑至二分之一」的從重處罰條文。

同樣的理由下，媒體記者引用新聞事件中少年的照片、影片，也應該要有保護措施，至少在少年的臉部作部分馬賽克處理，避免少年被人認出真實身分。

## 五、愛滋病患者的保護

愛滋病（AIDS）有世紀黑死病的稱呼，罹病的理由，已經不再是單純的性行為可以媒介，包括抽血的針頭、注射毒品等，都可能從血液感染。

基於保護當事人的必要，愛滋患者的姓名是受到保護的，不能寫全名與拍照，情況與在押的受刑人般，只能拍背影、或模糊取景的行為作介紹。

## 【思考問題】

『案例』

前總統陳水扁的女兒陳幸妤，在陳水扁卸任後的八天，被狗仔隊爆料她開車闖紅燈違規。

陳幸妤面對媒體詢問，按耐不住心中的憤怒和委屈情緒而發飆。她痛批，從 520 總統交接後，她就一直被狗仔跟蹤，無論是上下班、買麵包、到超商買東西，就連在診所看診，狗仔也不放過，想要潛入診所裝針孔、冒充病人騷擾她。

她哽咽的問，父親都已經不當總統了，不知道自己做錯了什麼，也反問媒體為何不去跟馬唯中，難道要死了才放過她嗎？

『思考方向』

1. 陳幸好的發飆，代表隱私權被侵犯，究竟公眾人物是否該有隱私權？
2. 什麼物的公眾人物該有隱私權？
3. 狗仔隊代表媒體的第四權，當有必要讓名人在鏡頭下曝光？這樣的堅持對嗎？
4. 如果你是狗仔隊，受益跟監非公眾人物，你的看法與主張？

## 【實作作業】

請依下列警察單位所發布的新聞資料，撰發一則五百字的新聞。

民國 97 年 06 月 04 日　台中市警察局新聞資料

**「痴情女欲輕生，還不忘提醒男友領保險金」**

王姓女子因與男友口角爭執，竟心生輕生念頭，但仍痴心擔憂男友生計問題，誤認身亡後，所投保南山人壽之保險金即可馬上由男友領取，竟發簡訊告知男友：「好好照顧自己……，記得 10 日內向南山人壽領取保險金」，幸經郭姓男友向警方報案後，警方全力搜尋，挽回王女寶貴的生命。

本（6）月 3 日，王姓女子因與男友口角爭執，竟未留支字片語即一人離家數日音訊全無，男友著急遍尋不著，直到收到女友簡訊，提醒自己在女友身亡後，要記得去領保險金，郭男急得六神無主，趕快跑到最近的永興派出所報案，永興所立刻製作失蹤人口資料登輸警政署失蹤人口查尋系統，並回報市警察局勤務指揮中心請求協助救援工作。

透過電信業者的協助，市警察局勤務指揮中心很快就掌握到王女最後行動電話發訊的位址是在篤行路，立即調度警力協助訪查附近的旅館有無王女落腳紀錄，幸好第二分局文正派出所巡邏員警在位於中正路上的旅館找到王女投宿的記錄，經會同旅館人員到房內查看，警方看到王女無事故，鬆了一口氣。（台中市警局提供）

## 【參考書目】

王洪鈞、潘家慶、歐陽醇、賴光臨（1967）。《新聞寫作分論》。台北市新聞記者公會。
林書揚（1989）。《新聞記者的風範與信念》。人間出版社。
施孝昌譯（1997）。《美聯社新聞寫作指導》。三思堂出版。
郭瓊俐、曾慧琦　譯（2004）。《新聞採訪》。五南出版社。
徐楊（2006）。《華爾街日報是如何講故事》。華夏出版社。
謝瑤玲（2007）。《死也要上報》。久周文化。
郝勤（2008）。《世界著名記者經典報導》。四川出版社。
劉琛（2008）。《一天給我一樁謀殺案》。上海人民出版社。

# 第十二章　特寫寫作

林全洲　編寫

任何新聞事件，離不開主體的人與事，要給讀者一個更周延新聞內容，新聞特寫的呈現是必然的。

特寫不像純淨新聞寫作，只提供 5W1H 的基本結構，最重要的精髓應是如何說故事，讓讀者可以隨著新聞節奏，迅速切入新聞事件中，了解到新聞事件的來龍去脈。

北京華夏出版社在 2007 年 1 月出版一本新聞類書，書名《華爾街日報是如何講故事的》（The art and craft of feature writing），作者是《華爾街日報》資深頭版撰稿人威廉 E.布隆代爾。

這本書開宗明義就談：1、給我講一個故事，看在老天爺的份上，讓它有趣一點。2、人們永遠在思考哪些元素，讓一個故事從本質上變得有趣；如何在瞬間吸引觀眾的注意力；如何安排故事情節，讓故事具有持續的吸引力；以及如何讓故事深深刻在人們的記憶中。

所以如何講故事，是撰發特寫應掌握的角度。

## 第一節　特寫的本質

美國德克薩斯大學新聞學教授狄偉‧雷狄克（Dewitt C. Reddick）就特寫提出三個條件：

一、特寫不是小說，必須以事實為根據，但在若干描述技巧上，可以師法短篇小說的寫法。

二、特寫不僅限於事實報導，還可作有限度的評述。

三、特寫必須與新聞一樣具有高的時宜性

在這三項條件下，試著替「特寫」本質，提供一個具體面貌。即一篇特寫的出現，絕對不會突然冒出的，而是依據事實，在新聞事件內，加入若干的陳述與批評，甚至於可以引用短篇小說的寫作技巧，以提升特寫深度，讓讀者對新聞事件有更多的了解。

媒體常出現的特寫，人物是大宗，再來如事物、人情趣味事件，甚至於解釋新聞，都可能用得到特寫形式。但其中優劣，可能要看個人的寫作技巧，這是需要磨練的。

大體而言，特寫的型式還可以分成兩種，綜述型與微縮型。

綜述型的特寫，在於選擇寫作的對象有其特殊性，這些寫作對象，本身就具有獨一無二特性，所以這樣的特寫中，最重要的工作，就是讓與眾不同對象，能夠細節化、具體化。

微縮型的特寫，在於寫作對象常依據在於典型性事物，被描述方對象，與其他事物有共有類似性，選擇這樣對象作為表達故事體裁，是讓描述對象能充當其他同類事物的代表，比如強調一個罷工時期的工人家庭生活，是借此家庭，來表達出其他汽車工人的整體生活現狀。在這樣的故事中，要做的，就是強調這個家庭與其他家庭共有特性，而不是與眾不同地方。

不論那一類型特寫，重要的是，寫稿人要抓住主題來陳述，絕不是東拉西湊，過多的主題面貌，容易亂了讀者閱讀思路。

檢討綜述或微縮型特寫型式，也都有其優劣。

在優點方面，微縮型特寫，有一條理好的主線，便於掌握到整個故事發展與脈路，而且容易引導讀者進入情境之中；缺點則在於如果不能夠掌握代表性，描寫很可能出現偏頗，甚至於遭致失敗，或者取材對象，是讀者所感到無趣者，則報導也會失敗。

綜述型特寫，雖然沒有微縮型明確主題，可是主角人物鮮活特質，在這種報導方式下，反而顯得有活力，還可以更多元來處理；相反的，缺點是在於，主角人物如果說的不夠多，或者撰稿人無法主宰更多內容，報導會變成過於單薄而無說服力，反而容易招致失敗。

## 第二節　人物如何特寫

### 一、如何面對新聞人物

許多新聞裡，人物只是一個名字，或是連名字都沒有，或者只是加一個頭銜、年齡，或者簡化的地址；例如「台中市陳姓男子涉嫌搶劫」、「沒有錢的李無錢（卅六歲）為了吃飯，在車站向人行竊皮夾。」

如果只是把人，當成新聞裡的一項資料，自然不具有特寫必要。近年來因為人的主張、意見或行動，特別容易引起各界注目，而造就人物成了新聞焦點之所在，讀者會更想要了解這個人物，究竟是什麼來歷與背景。

因而描寫「人物」，就不能讓人物成為制式的「消息來源」，而是要想辦法突顯故事裡的人物特色。此時寫作自然要花點技巧，設法讓文字可以描述出當事人的特點，於是被描述的人物，不會只是個路人甲、路人乙評價，而是躍然紙上的描寫。

要讓寫作內容豐富，採訪任務的達成自然重要。非突發性的新聞人物採訪，應能事前掌握對方背景等相關資料，有人形容要把採訪對象當成獵物來研究，最能代表這種企圖心，絕不能出現「白痴」問題。

日本每日新聞專門學院教授牧內節男所寫的《新聞記者的風範與信念[1]》一書中，特別引用美國《甘撒的內幕》一書，甘撒的寫作經驗，告訴媒體後進，採訪人物應注意，「採訪時對方的名字、姓名字母、職業與頭銜，絕對不能直接問對方。」再來則是有效的質問對方，讓採訪所期待的內容，可以從受訪者口中得知答案。

甘撒向採訪對象的有效質問，羅列 24 項目，包括：

1.對宗教的態度
2.對「性」的態度
3.對名聲的態度
4.對金錢的態度
5.動機方面，對重大事件的決斷
6.對小動物有無興趣
7.野心
8.權力的源泉是什麼
9.主要的知識特質
10.主要的道德特質
11.特別相信什麼
12.娛樂、興趣
13.工作的順序與作法
14.家族關係
15.幼年時代、青年時代所受的影響
16.爬升的著力點在那裡
17.對讀書、音樂、藝術等的興趣

---

1 《新聞記者的風範與信念》一書，由人間出版社 1989 年 1 月 20 日初版。

18.最親近的朋友、對部下的態度

19.外號

20.飲食方面的興趣

21.逸話

22.對社會國家的貢獻

23.有沒有暗殺的危險、護衛的方法如何

24.接班人是誰

甘撒同時告訴媒體後進，採訪的最後兩、三分鐘尤其重要，因為對方往往在最後階段會放鬆心情，有時候說會溜出嘴。套句現今最流行的一句話，就是政治人物往往會有「脫稿」演出，而這樣內容，往往是新聞的另一賣點。

如果是突發性人物採訪，或者同一時間採訪同一方面的多位人士，牧內節男也建議，最好事先準備五、六個共同項目，就是自己要準備一些能顯露受訪人物的道德觀、興趣、領導能力、生命觀、服務精神、工作熱情的題目質問，期間再穿插不著邊際的平常話題中，這樣會有機會套問出對方的真面目。

採訪工作準備再周延，有時候總會有漏失，或者記載不清楚地方。採訪工作是「及時」進行的，如果當下沒有補強等作為，離開現場以後，要想再找新聞當事人，不一定能找到人，所以離去前，採訪者不妨先作以下的確認工作。

1. 對於重大爭議或者用語，應重複確認當事人有沒有說過，採訪時遇重要場合，帶錄音機或筆，可以確保記載遺漏或者會錯意。
2. 有些爭議話，也應辨別，是當事人是主動陳述，還是被迫回應媒體，尤其在新聞採訪戰中，大家爭著問新聞人物時，更釐清主客關係。

3. 錯誤解讀或過度解讀，可以反複查證。

採訪工作完成後，筆記或有可能很亂，應在發稿前整理自己筆記，再留意以下幾點：

1. 重新排列新聞人物的朋友、熟人，對當事人評語。
2. 找出當事人在談話中，最能表現出本人，最有趣的話題，讓對方做自我說明。
3. 經常對記事的型態下功夫，主要是避免筆記雜亂無章。
4. 為了讓主角形象更突出，從筆記中找出可供開場白、結語的用詞，進行結構的排列。

## 二、人物特寫如何寫

從訪談中，可以找到諸多新聞人物的特色，而這些多元化的內容，在不同人的眼中，會有不同的表現，如何從其中找到可供發揮的角度，得相當費心的。10 年前，《聯合報》資深影劇記者在描寫香港歌神張學友早期生活時，是這樣寫道：

> 早年張學友來台出唱片，偶爾在收工後到酒館小酌，幾杯紅酒下肚，張學友臉蛋紅通通，逢人就問：「你真的覺得我唱得好嗎？真的嗎？不要騙我喲！」像個小孩子一樣。後來才聽說，張學友心情沮喪時，喝酒會哭。

這樣的文章裡，可以看到作者把酒館當場景／臉色的表情／自我的對話，這時讀者在閱讀時，很容易跳出歌神未成名前的迷惘。所以抓住人物特色的落筆，在這樣的開頭，自然會引人注目。

當然也有人把新聞人物寫作，再加以分類，《華爾街日報》則從六個方向，來解構新聞人物的定位，或有參考的依憑。

## （一）歷史

強調新聞人物的歷史定位，例如兩蔣在台的努力，由大陸遷台之後的文治武功政績，重新定位他們在歷史的地位；以及慈湖、頭寮時期的兩蔣懷思，在這樣的時代裡，是代表何種意義？這是一種類似蓋棺論定的方向。

## （二）個性

從受訪對象被人熟知的個性出發，來深究個性對於新聞對象的影響性，例如台大法律系畢業的領導人，被認為有「律師性格」，拿這種個性來看他的治國理念，究竟是依法行政，還是專走偏鋒，過去是否有類似的例子，能否拿出來比較一下；同樣的「律師性格」，對於新聞對象過往的命運與生活，又有那些影響與變化。

## （三）價值觀

我的受訪對象，有何種信念；是「統」或「獨」。這種信念與價值觀，對於他的人生又有何種影響，甚至於可以用當事人的自我剖析，來切入這個特寫。

## （四）影響性

受訪對象，他的一言一行，給週遭有何種影響；同樣的，探索新聞對象過去所處的環境，是不是對於他今日的行為表現有所變化，也是可以著手的方向。

### （五）反作用

用心的建構新聞對象面貌，會不會因為個人的取材偏頗，造成報導後會引起反彈，甚至於有人認為這是美化新聞對象，沒有真實呈現對象的心底世界；是否可以思考可能反彈的理由，在報導伊始，就先處理可能的反作用力，把負面情況先行轉化。

### （六）未來

站在一個宏觀的角度，把新聞人物對於未來的展望當成重要的方向，是一種提示的作為，也在於報導方向的界定。

通過這六個報導思考的角度，其實是在避免人物的特寫，淪為當事人的自說自話，而失去應有針砭力道。

## 第三節　事物如何特寫

事物特寫，離不開現場描寫，也就是要把你所目睹的場景、事物，忠實的呈現在讀者眼前。現場的目擊，與靠電話採訪不同，因為記者未在場，所以無法感受到空間距離的微妙與動作，到現場採訪是最重要的守則。

比較可惜的是，一件讓人感動的事，常見記者千篇一律的寫「場面感人」、「處境堪憐」，或者「民眾感動的落淚」，其實透過記者的白描手法，重建現場的感動秩序，或者用小人物的感喟，都可以改變制式的寫作模式，以下幾個管道，可以試著讓事物特寫看起來更靈活的技巧。

## 一、廣泛閱讀

除了少數天才以外，記者構思事物報導，總是不完整，需要再雕琢，甚至於從其他人眼中，再取得第二個角度，才有機會來充實。而寫作之初，光在選題上，就要充分廣泛，最好是缺乏他人報導過的題材，才可以顯露選題的用心。

基本上可以從專業期刊、行業通訊、學術刊物、基金會報告，甚至於政府的統計資料來著手，閱讀這些很可能是枯燥的，卻有可能，埋有新進展、原創資料，反而是相當可貴的資產。

閱讀的技巧，也可以觀摩前輩的寫作手法，從中取得可供借鏡的地方，這些都是平時累積功力的方法。

## 二、隨時記錄靈感

閱讀的同時，個人有些想法是獨特性的，這種靈光一閃，要迅速作成筆記，甚至於把重要的篇章撕下來。作家李敖就有這種特性，甚於把重要的書頁撕下來，變成自己的思想一部分。

## 三、為選題作檔案

為選題作檔案，是一種備忘錄的型式，不同新聞事件，可能要寫的特寫式，可以再複製下來，觀摩他人的寫作模式，把這些特寫題目、角度，記錄下來成為自己的備忘錄，可以讓自己面臨事物特寫挑戰時，省下構思的時間。

## 四、依靠中間人提供訊息

對於新聞對象來說，上層的採訪對象，常有其政治考量顧慮，往往話只能說一半；而基層人員無法參與決策，所談的可能無法派上用場；但是作為中間人，例如會場的記錄、甚至與會的非決策人士，但因為全程參與，能提供的意見，就可能比上層有用。

多找一些中間人，平時多與他們訪談，很可能一些比較機密的資料，可以在這管道上取得，對於特寫的日後著墨很有幫助。

當然也有人說，成功的事物報導，往往也是成功的報導文學的再現；不過報導作品不是評，而是以現場事實為基礎，所開展出來的「報告」，自然也是「文學」的一環。

成功的報導文學題材，往往著力在當前的重大課題，例如國民所共同關心的議題：公害、能源、老人、醫療、養護、養老金等；或者能達成大眾共識的課題；再不然則是富有獨創性的。絕不可能只是抄襲，或舊事物的堆疊，這是不會成功的。

要全盤掌屋事物特寫，與人物特寫一般，《華爾街日報》也有六個可供尋思的方向。

## 一、歷史

同一個事物，在過去的歷史軌跡中，有何種巧合的存在；與過去相事件有何差異存在。例如同樣政黨輪替，2000 年與 2008 年的輪替，兩個不同的世代，有何種巧合與變化，有何種可供連續發展與探討的課題？

## 二、範圍

這個新聞事件所影響的層面有多大，強度有大、變數有多少？可以從數字的量來分析；可以從地理因素來分析；可以事件的強度來分析；是全國性還是少數地區特性。

## 三、原因

是經濟因素，因缺錢的生活貧困引起「飢寒起盜心」；還是社會的風俗的敗壞，讓家庭暴力事件不斷；或是政治或法律因素，讓未成年得揹負上一代的巨額債務呢；或是個人心理層面的因素，如憂鬱症、自閉症的影響。

## 四、影響性

事件的發生，對於社會的影響程度，有那些人受益與受害，傷害的範圍有多大，所造成的傷害程度。這包括法全國減刑，有多少人出獄，會不會再導致犯罪事件的再發率，過去減刑的績效等。

## 五、作用

誰會對事件發生後的抱怨最多，站在動態掌握上，方向應該是做了些什麼，引起什麼結果，而不只是說多少而已。明確的指出，可能出現的負面影響，例如槍枝開放問題，是不是衍生暴力事件增加，這都要詳實引述說明，才具有公信力。

## 六、未來

如果報導的中心事件，沒有被干涉或者往其他議題延伸，未來的發展，可能是什麼方向、觀察者的看法等，都是給這個事件，引導到結局的內容。

# 第四節　完美陳述

大多數記者在採訪過程，常把自己錯成其他人，譬如律師或學者。《華爾街日報》在品評記者時，曾經這樣提過。

例如警政記者面對嫌疑人時，常把自己當成警察，看見搶匪，就說他壞胚子，沒注意到他可能是找不到工作，飢寒起盜心。記者還很容易化身成各行各業的內行人，像社工員、教育行政主管、老師、檢察官、縣市長，乃至各種新聞故事中主角對立面的角色，用高人一等的語氣與讀者說個沒完。

或者記者把自己視為管理者、政府體制的捍衛者、社會秩序的維護者。他們不是用平等地位，娓娓動聽地向讀者報告；反而像老師教訓學生般，你該如何、如何。

還有學者型的記者，蒐集了很多資料，手邊有成堆的採訪筆記，每天回家揹著大包研究資料，步履蹣跚，卻遲遲無法動筆。

另有一種務實型的記者，服從七分飽原則，只要你給我訪問，講出一些內容，就也不求打破砂鍋問到底；反正好來好去，細水流長。所以他們的作品未必正確，更談不上絕對權威。

務實型記者，可能忽視了公平報導對讀者的重要；如果記者只說好話，隱惡揚善，讀者追求的公平認知和了解，要從何而得呢？

所以記者要放棄當律師、學者、老師、警察的念頭，要帶點理想性，不是那麼現實，回歸做一位講故事的人。當你把自己設定成講故事的人以後，你就會注意主角的遭遇、命運、結局，有沒有搶眼的配角？故事的完結篇有那些內容。

完美陳述新聞事件，有所謂核心段落、高潮段落、重錘段落，或者直稱新聞眼。也就是所進行的特寫內容，如果沒有新聞眼、沒有證據支撐，就會給人怪力亂神感覺，這樣的故事恐怕難稱為有品質的新聞故事。反而有可能把有故事性的內容，寫成公文書般。

要想要有完美的陳述，可以分成四個步驟來考量。

## 一、描寫

這是文章中最能展現作者才華的地方，往往也是文章矛盾所在。

一個聰明的作者不會花時間去打扮，每一個處于次要地位的人物、地點與事件。作者要要把讀者引領到故事中來，讓他們親自了解故事人物、街景，甚至於有參與感。要把描寫功夫作足，有以下四個方法。

1. 精確的想像：描寫的最終目的，是在讀者心中鉤繪出高清晰度的圖畫，而不是模糊畫面。會講故事的人，不會用太多的抽象字眼來形容場景，而是以具體的文字來描繪。
2. 人物原則：與事物相比起來，讀者更喜歡的是鮮活的人物，細膩的人物描寫，可以讓人有鄰家人物般的親近，而且用人來引領讀者進入事物特寫，也是可採行的方法。
3. 動畫處理：不同於靜物畫面處理，提供讀者動畫般的描述，例如吱吱呻吟的冰川裂解，是比盛開的百合，多了動態的描述，或者說擬人法的語氣，更能引人注目。

4. 打破常規：寫作模式的活潑化，或套用當事人的斬釘截鐵說法的引句開場，往往會比循規蹈矩的寫作模式，更讓人驚喜。

## 二、交談感

特寫內容的交談感呈現，是忠實的原貌呈現，而不是經過修飾的文藻，試著用接近說話的語氣來寫，會有意想不到的親近。例如親民黨籍民代，對於國民黨中央第一回咄咄逼人的國親合併說，就有立法委員提到，「國民黨把親民黨當成衛生紙，用過就要丟掉」，這種忠實交談的呈現，才是把握現場氣氛的最佳手法。

## 三、出處交代清楚

是誰說的話，不能張冠李戴，否則容易鬧出風波，尤其政府人物的談話更是重要。總統府發言人的說法，不代表總統一定如此認為，但錯把發言人的話，當成總統的話，是會鬧出問題來。

## 四、精心設計的結構

1. 速度感：故事中有很多信息是平淡的，也非重要的，卻是很難割捨，於是可以試著把引句與動詞「掛鉤」在一起呈現，也就是把前述的交談感，再一次運用在整體結構中表現。
2. 力量感：為了達到效果，重複使用相同的句子，有助於強化文章的張力，例如新詩裡常有重複文字的運用，這是加重語氣，或是把主題的意念，重複的表達出來，可以讓特寫的內容更加明確。

3. 變化感與節奏感：段落之間的多層次變化，描寫人與景的交叉運用，以句子、問話等表達，都是文章多變的一種，但文字的節奏感，是可以用完稿後的朗讀來表達，都是檢視的方法。

## 【思考問題】

『案例』

陳文茜五十初度之日，有報導指出，往後最想做的事是替人寫訃聞。

西方傳媒稱寫訃聞的記者為訃聞作家，還開國際會議，有幾個網站流通資訊；訃聞除了頌讚，還有黑色幽默。《聯合報》在國內首開先例，於地方版開闢「他們的故事」專欄，就是要寫死人文學。

『問題』

1. 為什麼要寫訃聞，大家可以參考《死也要上報》這本書，看看死人文學與一般新聞寫作，究竟有什麼不同。
2. 站在新聞學的角度，死亡新聞能不能成為讀者重視的焦點？

## 【實作作業】

1. 請選擇你身邊最熟悉的人物，把他當成新聞對象，撰發一則八百字的人物特寫。

## 【參考書目】

中華日報社（1997）。《新聞尖兵中華戰將》。

王洪鈞、潘家慶、歐陽醇、賴光臨（1967）。《新聞寫作分論》。台北市新聞記者公會。

沈征郎（1992）。《實用新聞編採寫作》。聯經出版社。

林書揚（1989）。《新聞記者的風範與信念》。人間出版社。

林嘉玫、張廣怡、鄭嘉瑜、鄭芳芳　譯（2006）。《最新跨世紀新聞學》。韋伯文化出版。

徐楊華（2006）。《華爾街日報是如何講故事》。華夏出版社。

馬驥伸（1979）。《新聞寫作語文的特性》。台北市新聞記者公會。

郭瓊俐、曾慧琦　譯（2004）。《新聞採訪》。五南出版社。

陳亞敏（1987）。《新聞採訪作業實例》。聯經出版社。

劉琛（2008）《世界著名記者經典報導》。四川出版社。

歐陽醇、徐啟明（1976）。《新聞實務與原則》。新亞出版社。

聯合報（1983）。《聯合報系編採手冊》。

謝瑤玲（2007）。《死也要上報》。久周文化。

# 第十三章　專題報導

吳美慧　編寫

## 第一節　何謂專題報導

專題報導與一般新聞報導，最大的差異在於一般新聞只是純粹的表達訊息，將資訊傳遞給受眾，在力求快速將訊息傳達到閱聽眾時，相對的新聞的品質比較粗淺，且沒有經過太多的整理的。而為了給予閱聽眾更深一層的訊息內容，就需要靠製作專題，協助閱聽眾可以對事件有更完整且深入的瞭解。因此，專題報導是經過規劃與設計，給予閱聽眾不同的視野與角度，而且使用的篇幅也比較大，與新聞要求精簡的方式，截然不同。

舉例來說，一般報紙新聞和雜誌類專題式深入報導的內容不同。一般的報紙新聞由於必須每天出刊所以報導的方式都比較直接而且粗淺，至於所謂的雜誌類專題新聞則較具深度。同時隨著媒體平台的多樣化，不同類型的媒介也會利用製作專題報導，來強化產品的可看性與可閱讀性。所以專題報導，不再只侷限於平面的報紙、雜誌，甚至電子媒體中的電視、廣播，以及網路媒體，都利用製作專題的方式來吸引閱聽眾。

過去，電視媒體因為頻道、播出時間受限，以致於在有限的時間內，無法盡情的發揮議題。但隨著電視媒體家數增加，以及播出時間拉長下，電視媒體也成了專題報導中很重要的媒介。專題報導在不同的媒體上，有不同的功能。譬如，對雜誌來說，專題報導往往是當期雜誌的「封面故事」或是「特別企畫」，題材的選取，攸關當期雜誌的賣相；對電視媒體而言，專題報導已經從新聞中的一個單元，晉升成為一個節目，譬如「消失的國界」、「文茜世界周報」等，內容的結構都是以專題報導的形式呈現。

在訊息量又多又快的現今，閱聽眾已經不再需要更大量的資訊，而是有用的訊息，特別是經過整理且有方向、結論的專題，因此，如何製作出閱聽眾需要且喜歡的專題，是目前媒體的趨勢。

值得一提的，現今網路快速發展，加上網路沒有字數與篇幅的限制，撰稿者以及編輯有更多的發揮空間，使得網路專題報導成為傳遞深度訊息重要一環。由於網路新聞專題不受存貯空間的限制，因此，它可以以特定的主題或事件為中心，將各方面的相關資訊高度集成化，形成一個整體性的資訊傳播單位。

此外，由於網路的超文本特性，網路新聞專題以專題的主題為中心，向外輻射形成一個更廣闊的資訊空間。並使得網路新聞專題具備豐富的資訊層次，以滿足不同層次的讀者的需求。

一般來說，專題的資訊構成包括三個層次：1.核心資訊，2.周邊資訊，3.輻射資訊，詳述如下：

1. 核心資訊：直接針對新聞事件或主題的資訊，滿足閱聽眾對資訊的需求，以達到報導的目的。至於核心資訊的選取，則取決於專題的報導角度。
2. 周邊資訊：與新聞事件或主題相關的背景資訊、相關知識等，有助於豐富對當前物件的認識。
3. 輻射資訊：從新聞事件或主題引申出來的資訊，如同類事件的資訊，可以幫助閱聽眾進行縱向或橫向的比較，在一個更大的座標系上認識當前物件。

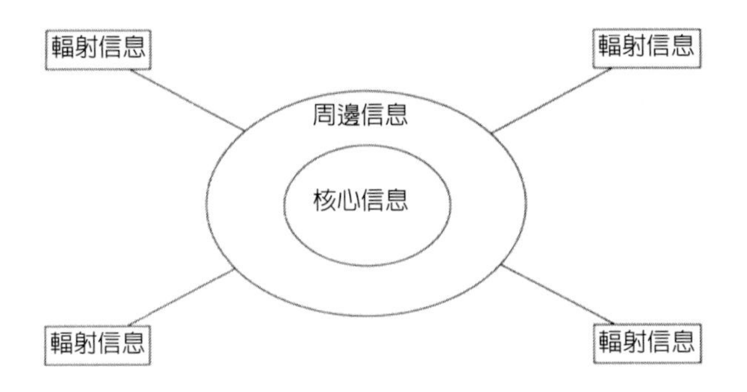


圖 1　網路新聞專題中的信息層次

資料來源：中國人民大學新聞與社會發展研究中心彭蘭撰寫的網路新聞專題編輯系列文章

## 第二節　如何製作專題

既然專題報導對媒體在內容廣度的呈現越趨重要所以，在製作專題時必須經過深思熟慮，且經過精心的策劃，所以要如何製作專題？如何進行專題寫作？要如何架構專題才會精彩？

基本上，專題報導的特色就是「小題大作」、「追蹤報導」，以上述兩點作為切入點，不至於做出太過離譜的專題。另外，既然稱之為專題報導，往往不是一篇新聞的篇幅就可以處理的，需要有多篇文章以不同的角度來構成，因此，專題往往是至少有兩篇或三篇的文章組成，若以雜誌來說，有的甚至多達六、七篇稿子，才完整的構成一個專題報導。

所以，要進行一個專題報導，從製作前、製作中以及製作完成後，每一個階段都有不同的考量，才能夠設計出完美的專題，詳述如下：

## 一、專題製作前的考量

### （一）選擇與刊物風格貼近的主題

一本強調投資理財的雜誌，就不適合選取心靈成長的議題，做為專題；內容以強調社會公益的雜誌，就不適合談線上遊戲，所以，選取要報導的專題，要先考量媒體的屬性，再來找尋題目，如此，閱聽眾也可以接受製作的專題，甚至引起共鳴。

### （二）掌握時事、貼近新聞的題材，最容易引起閱聽眾的興趣

除非是學術性的刊物，若以閱聽眾的觀賞或是觀看的心裡而言，「新鮮」是引起觀看的第一步。若以氣候暖化為議題，若選擇最近的天災作為切入點，在親近性的引導下，閱聽眾會比較容易接受天候暖化對本身帶來的影響，進而接受這個議題。或是公共建設等，如捷運、高鐵等，由於這是大多數閱聽眾會選擇搭乘的交通工具，所以這兩個交通工具做為專題報導，比較容易引起討論與廣泛的注意。

### （三）選擇容易掌握的題材為優先考量

製作專題時，最容易犯的毛病就是「眼高手低」，往往設定想要做一個「偉大」的題目，譬如「美國總統歐巴馬的一天」，這類的題目製作不易且不容易達到。相較之下，若選擇製作「台灣馬英九的一天」相對容易多了，而且在重要性、親近性下，報導馬英九與歐巴馬間，馬英九能夠引起的討論與關注，會高於歐巴馬。

所以，選擇讀者關心的且製作難度相對低的，才不會出現拿石頭砸腳的景況。專題報導往往顯現出製作團隊在題目以內容規劃上的功力，所以不要挑選自己無法做到的題目，自暴其短。

### （四）資料的收集與取得的難易度

專題報導需要更多的深度，若能輔佐過去的背景資料，讓讀者清楚該事件的來龍去脈，對專題的報導絕對有加分作用，因此資料收集在專題報導上格外重要。所以，選擇的專題最好是擁有比較多豐沛的背景資料，否則內容會顯得貧乏。不管資料是來自於過去類似的事件或是研究報告、學術報告等，都是很好的素材。

譬如，近期地震頻繁，使得漁民在補魚時補到原本處在深海的大型「地震魚」。面對這樣的題材去製作專題報導，如果內容都圍繞在怎麼會有地震魚以及漁民的說法，就顯得薄弱。如果專題可以加上地震魚的由來，以及為什麼會出現地震魚，同時增加學者的意見與看法，這樣的專題報導的份量與篇幅就很足夠。

所以，在企劃專題時，要先量力而為，編輯要先考量記者或是製作團隊能否在有限的時間內完成採訪，並深度的報導內容。倘若做不到，就不要浪費時間趕快選取其他的題目或題材，才不致因時間流失，做不出題目，或是急就章的做出沒有品質的報導。

## 二、專題規劃考量

### （一）引起讀者興趣

製作專題，首要的考量就是能否引起聽眾的興趣？換言之，編輯或是撰寫者要先問自己一個問題：「讀者為什麼要讀這個專題？」、「要從什麼角度來引起讀者的興趣？」。所以，導言的寫作就十分重要，好的導言可以吸引並引導閱聽眾，把專題看完達到宣傳目的。

## （二）引起讀者的好奇心

對於讀者所不了解的事，都是編輯者在製作專題時，可以滿足讀者好奇心的重點，因此，一個好的專題應該具有「洋蔥」的特色，也就是如同剝洋蔥一般，一層一層地將內容呈現在讀者眼前，讓閱聽眾獲得有用的訊息。

## （三）導言、主要內容、相關看法、相反看法、省思（後記）

上述是專題的標準呈現方式，也就是說，最起碼專題要有這五篇內容，其中相關看法與相反看法，也可改為例證，而省思則是專題的結語，可請學者專家撰文，也可由編輯寫成後記，引導專題的方向往正面、積極面去思考，也讓讀者順著專題的進行，而有正面的收穫。

## （四）圖片的呈現

專題中另一個不可或缺的就是照片、圖片，在一片文字中，圖表具有美化版面與效果的功能，同時佐以文字時，就可以單獨成立空間，不僅節省版面，也可以更有效的傳達訊息

## 三、專題的選擇

每一次的專題製作，都是一次出擊，但要讓每個專題都是閱聽眾有興趣的且能夠引起討論的，難度很高。因此，為了要讓專題更有特色且吸引讀者目光，可以從以下的方向思考：

### （一）流行的議題或話題

現在流行什麼？或是被討論最多的是什麼？一般來說，具有閱聽眾親近性的議題或是題目，最容易引起共鳴，也是閱聽眾願意花時間瞭解以及觀賞的，所以，為了要瞭解目前的趨勢，編輯需要花時間去逛書店、看雜誌、報紙或是電視，來獲取外界的目光焦點。

當然，選擇流行的話題端賴各刊物的屬性而定，要從不同屬性目前最熱門的議題去找尋題材。譬如，兩岸開放的進度，攸關商業、旅遊、公司設立、投資等機會，所以光是這樣的議題，各刊物可依需求去製作專題報導。譬如，旅遊雜誌可以分析，為了兩岸直航航班增加，要用何種方式到中國旅遊可以更便宜且玩得景點最多？都是在兩岸開放這樣嚴肅議題下，可以尋找符合調性的輕鬆話題進行專題報導。

### （二）節日慶典

論是平面媒體或是電子媒體，可依據重要的節日，或是慶典，發展出適當的專題，例如母親節、教師節、情人節等。或是奧運、上海世博會等，由於這類重大的項目，都是具有被製作成專題的價值。譬如上海世博會，台灣在這個有史以來第一次的展覽中將設有台灣館」，所以從該館的設計、贊助單位，以及特殊的設計等，都是全球或是台灣人關心的議題。

## （三）新聞時事

這是最容易引起注意的方式。從目前正在發展中的新聞時事找尋具有製作專題並深入報導的議題。譬如，天候暖化對全球氣候的影響，甚至造成夏季乾旱，將面臨無水窘境。或是某大老發表對景氣的看法，若要延伸並製作專題，可以把類似大老的說法整理出來，或進行比較，或是找出對趨勢的一致看法，這都是閱聽眾會有興趣的焦點。

## （四）人物

在任何的報導中，只要有「人物」故事在當中，就具有一定的影響力。從心裡學角度來看，大多數人對於其他人是充滿好奇的，在人物的襯托下，內容就不會枯燥。因此製作人物專題報導，向來是比較討喜的題目，也容易讓閱聽眾跟隨人物進入文章或是報導中的情境。

若報導的人物為知名人士或名人，能夠引起的共鳴也更大，加上人物過去的經歷或是豐功偉業，會使得專題報導的內容，更具可看性。

# 第三節　專題編排與呈現

## 一、文字的呈現

### （一）對話式的開頭，較易吸引人

有場景、有對話、有現場感，最容易吸引讀者目光，可以快速帶領讀者進入專題內涵。

### （二）分段中的小分段

一篇專題動輒上萬字，如果沒有列出大綱，很容易就越寫多，到後面控制不了字數而草草結束，或者有可能超出預定字數而不得不刪稿。因此先分大段，一個專題若預計兩萬字，則分成五篇，則每篇四千字，而每篇在細分為數段，然後平均每段的字數，如此這般用分篇分段的技巧，使這篇專題的內容更顯雜紮實，才不會而不會有頭感。

### （三）報導光明面為主

文章的焦點可以讓閱聽眾有勵志的收穫。一般而言，專題分為報導光明面，或是以揭弊為主，錦上添花固然人人喜愛，但提出批判式寫法，如能擲地有聲仍舊有繼續存在的價值。

## 二、編輯呈現

### （一）有專題企劃的一致性

為顯出專題的內容，為表達其相關性，可以利用天線的位置設計同樣的刊頭，以便讓讀者辨識。

### （二）編排可更靈活

在版面配置時，不一定總是一篇接著一篇，可以在長文中，穿插另一篇方塊短文，或是花絮式的文字。同時也可將重點文字特別挑出來，利用色塊強調，類似圖檔的設計。

### （三）首頁大標題的加強設計

為了顯出專題的重要性，在雜誌中最好以兩頁大跨頁的篇幅來製作標題，使讀者重視這個專題，並在這兩頁中，也可將前言及專家學者的照片刊出，以示提醒作用。

### （四）引導專題進行的導言文字

導言是很重要的一各部分，所以必須用心寫，寫法也有很多種，因此，可以用問句、可以寫採訪原因、可以寫現象、當然也可以寫結果。當然最需要政府的輔助。

### （五）編輯顯出整體性與緊湊性

專題中的文章，篇與篇之間，應有連接性，後一篇可解前一篇之謎，或為前一篇之證，讓專題中的文章環環相扣，在節奏感上的安排，讓讀者沒有冷場，不捨得放下這篇文章，而繼續看下去。

## 【思考問題】

1. 要如何規劃與製作專題的內容？
2. 一個好的專題，具備哪些條件？
3. 我會選取怎樣的題目來規劃專題報導？

## 【實作作業】

1. 請以校園生活為主軸製作出一個自己有興趣的專題。

## 【參考文獻】

彭蘭（2001）。《網絡傳播概論》。中國人民大學出版社。
趙寧、邵正宏、李芳甄、賴雅芹、陳怡君（2002）。《媒體中心——創新與經營》。五南出版社。

# 第十四章　突發新聞與後續報導

盛竹玲　編寫

新聞的分類方式眾多，若就新聞的發生區域做分類，可分為國際新聞與國內新聞；如果就採訪路線的性質來畫分，可分為政治新聞、財經新聞、社會新聞、生活新聞、地方（市政）新聞、影劇新聞……等；若以新聞訴求與取材內容來畫分，也可區分為硬性新聞及軟性新聞；如果以新聞事件是否可以預先被掌握來看，則又可分為可預知新聞以及突發新聞。

突發新聞所報導的是社會生活中出人意料、突然發生的事件或狀況，如戰爭、災禍、政變、凶殺等。而這些事件往往由一連串的變動所組成，所以在採訪報導上往往不能僅停駐在某一點上著墨，而是需持續觀察、探訪，在主新聞之外，最好還能持續有好的後續報導以滿足閱聽大眾對這類重大新聞的需求。

突發新聞考驗著記者的應變能力與專業素養，不單只是社會路線或負責地方新聞的記者會碰到天災人禍這類突發的災難新聞，其他路線也或多或少有些不可預期的突發事件隨時可能出現，例如：跑醫藥路線可能碰到傳染疾病爆發的新聞；交通路線最怕出現空難的突發事件；文教路線也可能碰到校園體罰或大考舞弊等突發事件。

處理突發新聞是非常具有挑戰性的一項工作。新聞講求快速、精確，記者對突如其來的新聞事件或線索，要反應迅速，以最快時間取得第一手資料，並確實回報所在的媒體，以發動相關路線同仁做必要之配合採訪，從渺小的線索做「點」的開端，接著快速連「線」，再從事件各「面」向一一突破，建構出事件的真實面貌。

重大的突發事件，其新聞熱度往往不是一、二天就會退燒，事件背後的重重內幕，需要記者卯足勁去挖掘，才能寫出一篇篇擲地有聲，具有可讀性或參考價值的後續報導，而不是一味炒冷飯，如歹戲拖棚般的編寫報導，這一切都考驗著新聞工作者的智力與耐力。

## 第一節　突發新聞報導

突發新聞（breaking news）是指針對突發的新聞事件所做出的報導。這些具新聞性的突發事件毫無預警，因為事出突然、難以預料，且是新發生的，往往更具戲劇性、衝突性、奇異性以及時效性等新聞特性，所以更能引起閱聽眾的關切。

### 一、突發新聞的種類與特點

突發新聞中最常見的當屬犯罪新聞，而最容易引起閱聽眾注意的則是重大的災難新聞。其中犯罪新聞包含分屍案、搶劫、竊盜、傷害等與刑事和民事有關的案件報導；災難新聞泛指戰爭、水患、火災、地震、旱災、交通事故及其他意外事件等天災人禍；而也有些突發事件為多者兼具，很難劃分得很清楚，例如火車出軌事件，如出軌的原因是人為搞鬼，除了做災難新聞處理外，也要追查相關的犯罪情事。

犯罪新聞的採訪，有一部分是仰賴警政署、警察局、派出所等警察機關主動公布或告知，像是例行記者會、年度反毒會議等，是屬於可預知的靜態性新聞，與動態的突發新聞處理有別。不過，這類統一發布、單一消息來源的靜態新聞愈來愈難以滿足閱聽眾的需求，在傳播產業高度競爭下，新聞記者的工作機動性要求更高，加上「爆料專線」紛紛設立，鼓勵全民皆線民地提供線索，使得某些重大犯罪事件在案發當下，記者可以在第一時間趕赴現場，做第一手的觀察、採訪及記錄。

## 二、媒體紛設突發新聞中心

這種突發新聞事件，對主跑社會線及地方線的記者來說，比較容易碰到，也因為如此，有些新聞媒體，像是蘋果日報設立的突發中心，在全省設置了一百五十名左右跨路線的突發記者，這批能手過去多具有主跑社會或地方路線的豐富經歷，且配備可多張連續拍攝的高畫質數位相機，務求每一則重要的新聞都有精彩的新聞畫面可以搭配，該報的突發新聞中心設有三個組別：

1. 突發新聞組——主要負責任何意外、刑案、災害等突發狀況的現場照片拍攝，及部分採訪工作。
2. 警政新聞組——在台北縣市及部分地方分設警政採訪記者，主要負責轄區內重大突發事件之立即報導。
3. 文字組——內勤單位，負責突發新聞的資料搜集、與第一線採訪同仁的新聞聯繫以及整併稿件等。

## 三、重大事件　團隊動員不可少

在各新聞媒體，重大犯罪事件的案發現場部分，多是由社會路線及地方記者負責採訪報導，像震驚一時的白曉燕案、劉邦友血案等，但這類重大突發事件，免不了也會牽涉到一些政治、醫藥或其他路線的配合，所以面對突發事件，不單只是負責此路線的記者要反應敏捷，媒體內的編採主管也要迅速決策、慎密規畫，以能及早發動其他周邊路線記者或內勤人員配合，特別是突發新聞如果是發生在臨近截稿前，則團隊合作更顯重要。

至於突發的災難事件方面，可能是發生在人口密集的都會區，也可能發生在資源貧乏的山地離島地區，常見的如火警、交通事故、風災、水患、船難，或是讓許多民眾「震」驚不已的震災等。

除了以上較被廣為討論的災難及犯罪新聞外，其他的路線也隨時可能出現突發新聞，像民國 97 年馬英九即將入主總統府前，內定內政部長的國民黨副秘書長廖風德在爬山時突然倒地不起，對負責跑國民黨的記者來說，這就是一起突發事件，而 119 接獲報案後馬上派員將廖風德送往台北市立萬芳醫院，對負責跑 119 的社會記者及負責醫院新聞的醫療記者來說，也是他們當天的採訪行程中，非預期性的一起突發新聞事件。

## 四、突發新聞的報導原則

當重大災難事件突然發生時，逃生避難是人類的本能，但新聞工作者恰恰相反，他們與救難人員一樣，經常是那裡有危險狀況，就往那兒衝鋒陷陣，因為新聞工作就是做閱聽人的耳目，稱職的記者對社會大眾所關心的議題，要能在最快時間、做出最忠實而完整的第一手報導。

以突發的災難事件為例，有可能是負責該路線的記者最先掌握到消息，回報所屬的媒體，或是新聞單位接獲有關單位的告知，或是內部監看報紙、電視、廣播、通訊社消息等其他媒體獲取線索後，發動記者展開緊急處理。

記者接獲突發事件的訊息，或是嗅到不尋常的氛圍時，一開始掌握到的往往只是一些殘缺不全的資訊，可能連突發事件的發生地點、何時開始、最新進展如何等細節都還不十分明確，這時便需借重平時建立的人脈以及靈活的機動性，一方面找權威人士提供資訊，一方面安排交通火速趕往現場。而在這個過程中，也不要忘記隨時回報最新狀況予內勤主管，以做配合調度。

像突發強震這類新聞事件，不論是外勤記者或內勤主管一獲知訊息，應馬上主動聯繫同仁，並由媒體決策高層進行人力調度，包括加派採訪人手協助報導、協調路線分工事宜、預做版面配置規畫等，電視台還要考慮是否馬上出動 SNG 車，並協調編輯人員上字幕插播新聞快報。

如果評估事態嚴重，新聞單位不會坐視原負責該路線的記者單打獨鬥，電視台可能會派出至少多組的記者，一組針對整起事件的發生時間、發生地點、肇事原因、傷亡人數、發生過程等新聞要素進行瞭解；另一組記者則針對現場民眾、災民或受害者深入訪談，以取得一些比較軟性的報導題裁；還有一組負責重要官員的視察新聞，以及現場連線報導等。

此外，也可能跨組調派醫藥記者到醫院採訪傷者或是目擊者；調度氣象記者前往氣象局地震測報中心，了解地震監測的最新結果；交通記者至民航局了解飛航是否受到影響；一至二組記者到救災中心、警察局及消防署等官方單位，了解救災進度與匯報之傷亡狀況。

而在整個採訪過程中，記者自身的安全性也要顧及。民國 95 年一名電視台攝影記者接獲行政院長視察員山子疏洪道的突發新聞採訪通知，匆忙趕到現場，卻慘遭大水圍困，這名敬業的媒體工作者一直到滅頂前仍極力護著攝影機，讓人不勝唏噓。

民國 97 年中正紀念堂拆除「大中至正」牌匾，改名民主紀念堂時，爆發流血暴力事件，一輛小客車突然衝撞現場人群，造成數名採訪記者受傷，其中有一位電視台記者的傷勢最為嚴重。當時在場的同一家電視台攝影記者噙著淚水忍痛拍下同事受傷時的慘狀，這一切經由在場的其他攝影記者拍攝後播出，電視銀幕上一雙充滿淚水的眼睛，傳達出記者在工作倫理與人道兩端煎熬的無奈，也呈現出新聞工作者的敬業精神——希望透過攝影機真實的記錄，來喚起大眾共同譴責暴力。

在這些突發的災難事件或衝突事件中，記者常需冒險採訪、拍攝，這些經珍貴的新聞紀錄唯有在記者能夠全身而退的情況下，才有機會為閱聽大眾做最完整的報導及呈現。

概括而論，媒體對於突發新聞的處理應注意以下各點：

1. 若遇重大突發事件，應於第一時間將消息回報所屬新聞單位，以供決策部門儘早發動各相關路線記者配合，並為新聞後製規畫預做安排，特別是發生在夜間接近截稿時間的突發事件。若為路線分工非常明確、橫向連繫無礙之媒體，記者亦可在一掌握到重大突發事件之後，馬上主動聯繫相關路線之同事，協調從各自之管道與人脈著手，做配合報導。
2. 儘速趕至突發事件之現場，以獲取第一手資料與照片。為閱聽眾提供最新、最正確的訊息是新聞工作者的天職，記者要儘可能親臨現場採訪，眼、耳、手、鼻、心並用，如此報導的內容才會真實，寫作也才會生動。唯採訪過程的安全性與任務達成的可行性亦應充分考量，例如：民國 92

年發生在阿里山的小火車翻覆事故，當時許多地方記者接獲消息後馬上趕往阿里山，但因事故發生的地點交通不便，且鄰近的道路也在第一時間遭到封鎖，此時騎機車上山採訪就比開車順利，所以如何可以迅速到達目的地，並確保通訊無阻，採訪所得可以快速傳回新聞單位，是相當重要的一環。又如採訪警方與黑道大哥對峙的槍戰新聞時，要做好安全掩護，以免遭到流彈波及，還沒能完成新聞任務，就先殉職了。

3. 勿妨礙救災，以及影響辦案。無論是災難或是犯罪事件，媒體的採訪工作都不應妨礙到救援工作的進行以及檢警執行公務。像中國四川大地震發生時，許多醫療人員趕往現場搶救災民，甚至搭起臨時醫療區為受傷的災民進行緊急手術，當時竟有某電視台記者執意進入帳棚內要求醫師說明手術過程，而等待「緊急」手術的災民只好被晾在手術檯上好一會兒，且增加了手術感染的風險，這則報導播出之後，造成許多網友的大聲撻伐，要求記者不要為了搶新聞而罔顧災民的性命。
4. 正確跟快速一樣重要。新聞不只要「快」及「新」，還需要「完整」及「查證」，重大突發事件發生時，傳播媒體都希望自己可以最快掌握到消息，所以第一線的記者往往承擔極大的壓力，他必須在有限的時間內完成工作單位交付的重要任務，這時候便需仰賴平時累積的專業與人脈，以及沈著的應變、仔細的觀察與睿智的判斷，以能將正確可靠的消息傳達給閱聽眾。特別是牽涉到傷亡或財務損失等情形的突發新聞，相關數據是眾人關切的焦點，務必仔細查證，不可錯誤。
5. 犯罪或災難新聞的畫面，如果會引起閱聽眾極端的恐懼、擔憂，應儘量節制播出的時間及長度，同時應設身處地為受害者及其家屬著想，用字遣詞應該兼具人性關懷。過去曾有電視記者在採訪颱風災情時，意外捕捉到土石流的景況，記者在狂風驟雨中勉力完成採訪工作的精神值得肯定，但也許是見獵心喜，在報導時竟說出「我們來看一下土石流的『精彩』畫面」，這樣的用語對飽受痛苦的受災戶來說，真像是在傷口上灑鹽，讓人情何以堪。

6. 犯罪新聞如果鉅細靡遺的描述細節，可能引起模仿，就新聞報導而言這些細節是否真有必要播出，尺度拿捏務必要仔細評量，除了第一線的採訪記者在下筆時要多方斟酌外，媒體內部的審核機制也應該發揮「守門」角色，做適度之把關。
7. 新聞不應該成為歹徒的傳聲工具，或將犯罪者英雄化，報導內容要顧及受害者的心理創傷問題。過去曾有電視台為搶獨家，配合黑道份子錄製向黑道大哥嗆聲的光碟，並在鏡頭面前展示各式火力強大的武器，這則新聞引發各界大聲撻伐，電視台最後為新聞控管不周，向社會大眾致歉，並將處理該新聞的記者及地方主管免職。
8. 報導犯罪新聞應導向公共利益的議題。突發的犯罪事件如果具有懸疑性、衝突性、變動性等新聞價值，往往能夠吸引閱聽眾的關切，但報導這類社會案件時，不應該只是想把新聞做成一齣「好看的戲」來提升收視率、閱讀率，而應該考量到這則消息是否跟公眾的利益相關，以及能不能給社會一些警惕或參考的價值。

# 第二節　後續新聞處理

某些重大的新聞事件除了事件發生當時所做的立即採訪報導外，後續發展與事件真相之探查、背後蘊涵的社會問題之揭露……都需要記者持續追蹤報導。有時候雖然是後續新聞的採訪報導，但也可能打探出新的發現、新的結果，甚至後者的新聞價值及引發效應遠比先前已曝光的新聞來得大。

突發事件的後續新聞該如何處理？以下幾個原則可供新手記者參考：

## 一、充分收集資料

記者對於經手的每一個新聞事件，能夠在第一時間充分收集資料是最好的，但如果重大突發案件，發生在深夜接近截稿時限，根本已經沒有時間做資料收集，則這時候內勤人員的協助是非常重要的。之後的後續報導，主跑的記者仍應充分收集事件相關的各種資料，有時候透過類似事件的資料比對，或是同一事件發生前後的資料差異等，記者可以從中發現新線索或是鎖定新的關鍵人物，加以追查，而取得重大獨家。

這些資料的來源，可能來自舊的新聞報導，也可能來自主管機關的調查資料，或是民意代表提供的會議資料，或是對這類議題有研究的學者專家或學會、協會的研究報告、文獻記載等等，任何的可能來源都不能錯過。

其中，最基本的新聞資料或研究報告，過去記者只能到所屬媒體的剪報室查舊報紙，或是調閱公司內部建立的文字及圖像檔，以及上圖書館翻論文、書籍，但現在隨著電腦輔助系統的普及，透過網路查資料已經是非常的便利，唯要提醒大家的是，這些唾手可得的網路資料仍需配合查證及做綜合判斷，以免被錯誤引導。

## 二、採訪相關人員

Who 是新聞報導的六大要素之一，突發事件一樣免不了牽涉到人，後續的發展必須有可靠的消息來源提供線索與資料，記者應該一一採訪事件相關人員，不只是當事人、受害者或其家屬及辦案人員，案發當時有無目擊者，以及鄰近住戶、村長的看法與觀察等，都應該收集並查證。唯採訪受害者及其家屬時，要小心避免對他們造成二度傷害。

另外，主管官員以及學者專家也可能是後續新聞的線索提供者，應積極探訪並建立通暢的溝通管道。

## 三、緊追案情發展

我們常說，記者的工作內容主要是在跑新聞，為什麼用「跑」字，說明了新聞工作充滿了變動性且節奏快速，記者必須緊盯新聞線索，窮盡自己最大的能耐探查真相，包括事件表象下的真實狀況，很多都是要靠「跑」、「追」外加「挖」出來的。

所以，重大的突發事件往往不會只有一天的壽命，86 年 4 月爆發的白曉燕案震驚全台，新聞延燒到 88 年 10 月主嫌陳進興槍決伏法後，相關的後續報導才逐漸淡出媒體，這類重大案件隨著檢警單位的偵辦，隨時都可能有案情的最新發展，因此記者要懂得緊盯案件，才不會漏接狀況。

災難事件也是如此，97 年 4 月 8 位潛水好手在墾丁外海失去蹤影，歷經 2 天的驚濤駭浪，才分別在台東太麻里海域獲救，這期間不只家屬擔心焦慮，主跑此新聞的記者也要隨時掌握救援狀況；而第 3 天才加入此事件採訪的台東記者，先前也一定要注意這類重大新聞事件，才不會在新聞像「天上掉下來的禮物」落到自己的轄區時，還搞不清楚狀況，無法馬上做好後續新聞的接續處理。

## 四、重回現場找線索

某些突發的重大事件，在事發現場可能遺留有蛛絲馬跡，成為揭露真相的重要線索；但有些犯罪案件在爆發時，警檢單位會在現場圍起封鎖線，限制記者闖入，有這種情形時記者仍應從周邊觀察並多方採訪關鍵人物，過濾出重要的現場資訊，且需反覆查證，以使報導出來的內容能夠正確。

而除了第一時間的現場採訪外，後續的新聞追蹤過程中，重回現場找線索有時也可能會有意料之外的發現。像民國 80 年代台北市近郊發生一起校護等紅綠燈時被倒下的電線桿壓死的不幸案件，肇事原因竟是一輛大貨車行經路口時鉤到電線造成的，當時許多社會記者都報導了這件離奇的命案，但其中某報記者事後反覆思量，如果電線桿這麼容易折斷，那不是走在路上的行人都很危險嗎？經重回現場勘查後，記者認為案情可能並不單純，於是跑去請教檢察官，結果引起了檢方的重視，深入追查後發現電線桿使用的鋼筋、水泥規格果然與標準不符，後來承包的業者得到應有的法律制裁，而當地的危險電桿也全面更換，以免再生不幸。

對於重大事件進行後續新聞的持續報導，不僅是尊重閱聽眾知的權益，讓新聞事件的呈現有始有終，而且也有利於深度報導的開發，讓新聞報導不只是呈現事件的發生過程，還包括被深掘出的事實真相，以及整起新聞事件對社會的警示與所蘊涵的意義等。

## 【思考問題】

1. 選定一個你有興趣的路線，思考一下這個路線有可能發生什麼樣的突發事件？萬一真的發生了，你可以馬上運用那些人脈和資源，以儘快取得完整而正確的消息。

## 【實作作業】

1. 選擇一起最近發生的突發新聞，找出報紙首日刊登的內容，閱讀後寫下還有那些線索可以進一步追查？如何著手進行採訪與報導？
2. 選擇一起最近發生的突發新聞，收集不同報紙對此事件首次揭露及後續報導的內容，進行新聞切入角度、採訪對象及寫作方式的分析與比較。

## 【參考資料】

書籍部分

牛隆光、林靖芬（2006）。《透視電視新聞——實務與研究工作談》。學富文化事業有限公司。
王中義（2006）。《新聞寫作技法》。合肥工業大學出版社。
巨浪（2004）。《新編新聞寫作》。浙江大學出版社。
林如鵬（2004）。《新聞採訪學》。暨南大學出版社。
周慶祥、方怡文（2006）。《新聞採訪寫作》。風雲論壇。
馬西屏（2007）。《新聞採訪與寫作》。五南書局。

高鋼（2005）。《新聞寫作精要》。北京首都經濟貿易大學出版社。
張志安（2006）。《報導如何深入》。南方日報出版社。
張裕亮（2007）。《新聞採訪與寫作》。三民書局。
張晉升、麥尚文、陳娟（2006）。《實用新聞寫作》。中山大學出版社。
康照祥（2006）。《新聞媒體採訪寫作》。風雲論壇。
郭瓊俐等譯（2004）。《新聞採訪》。五南書局。
鄭貞銘（2002）。《新聞採訪與編輯》。三民書局。
聯合報編輯部（1996）。《聯合報編採手冊》。聯合報。
戴振雯（2005）。《當代新聞寫作教程》。合肥工業大學出版社。
蘇蘅（2000）。〈集集大地震中媒體危機處理的總體檢〉，《新聞學研究》，第 62 期。

網站部分

廖佑德（2004 年 10 月 25 日）。〈中台納坦／台視記者平宗正遭洪水滅頂　現正與死神搏鬥中〉，《NOW news》。上網時間：2010 年 1 月 20 日，取自 http://gb.nownews.com: 6060/2004/10/25/ 91-1704199.htm
中央社（2008 年 4 月 28 日）。〈墾丁失蹤八潛水客　全數獲救〉，《Yam 天空》。上網時間：2010 年 1 月 20 日，取自 http://blog.yam.com/aqualand/article/14918721。

# 第十五章　新聞錯誤避免與更正

陳萬達、溫春華　編寫

新聞首要在於「真實」與「正確」。在我國的報業道德規範中，就要求新聞採訪應謹守公正立場，不介入新聞事作；新聞報導應力求確實、客觀、平衡。因為新聞報導如果不正確，將會影響到新聞媒體的公信力及形象，也會影響媒體所肩負的傳遞資訊及監督社會的功能。

新聞是由人製作，錯誤發生在所難免，但媒體的錯誤報導愈多，代表媒體的新聞查證不夠確實，編採作業的守門過程不夠專業嚴謹，進而讓閱聽大眾對媒體的信賴度大為降低。

如果頻頻發生重大的烏龍新聞報導，或違反新聞道德與良知的新聞造假事件，更會對媒體形象造成莫大損傷，招致批評聲浪，還有可能因而吃上毀謗或侵權官司，不能不謹慎面對。

## 第一節　新聞錯誤的發生與原因

### 一、常見的新聞錯誤類型

如何減少新聞錯誤，提升新聞的正確性，在新聞採訪過程中，記者和消息來源是影響新聞正確性的兩個主要關鍵。學者和新聞界把新聞報導的錯誤大致分為兩種類型，一種是客觀錯誤，另一種是主觀錯誤。這兩種錯誤類型包含的概念如下（Charnley, 1936；Berry, 1967；Lawrence & Grey, 1969； Blankenburg, 1970；轉引自羅文輝&蘇蘅&林元輝，1998）：

### （一）客觀錯誤

指的是報導中的人名、職稱、年齡、數字、地址、地點、時間、日期、引述、文法及拼字等有違反事實的錯誤。

### （二）主觀錯誤

主要指的是意義上的錯誤，並加上誤解新聞主題、增加或刪減新聞主題、不正確的標題、對新聞事件或新聞議題的部分內容太過強調、強調不足、及遺漏相關訊息等錯誤項目。

徐佳士（1974）是國內首位調查報紙新聞正確性的學者，他的研究發現，意義錯誤、過分強調、強調不足，和遺漏等主觀錯誤最為常見；學者鄭瑞城（1983）研究發現，遺漏重要事實是所有錯誤中最嚴重也最常犯的錯誤，這與記者及消息來源對新聞事件重要事實的認知不同有關。而非官方新聞的正確性低於官方新聞，其中社會新聞犯錯率最高，可能因社會新聞事件多屬突發性質，在時間匆促的壓力下易於犯錯（羅文輝、蘇蘅、林元輝，1998）。

另外，國內電視主管也坦誠記者常犯錯誤包括：1、未經查證或查證不實；2、模擬、誤導、造假；3、資料畫面運用不當與畫面誤植；4、違反相關法令；5、黑白不分、是非不明（馬詠睿，2006；轉引自何國華，2007）。

除了學者的研究外，媒體採訪實務上，在主客觀因素影響下所產生常見的新聞錯誤包括（方怡文&周慶祥，2000：395；陳萬達，2008）：

1. 姓名、職稱、頭銜、地名弄錯：人名、頭銜只要張冠李戴，馬上遭到抗議與質疑，在災難或意外案件中，傷亡名單尤其不能誤植，最忌諱把倖存者寫成罹難者。
2. 時間與日期錯誤：與民眾權益相關的事，例如考試日期、球賽、停水停電等資訊錯不得；預發及回溯歷史新聞時，把時間及年份算錯。
3. 數字錯誤：數字錯了，影響深遠，像利率、災難傷亡人數、體育比賽成績、油價等易因疏忽而誤植。
4. 電話號碼或網址錯誤：尤其是報案及求援、檢舉專線，及大學考試、國中基測考試網址等公共服務功能的資訊不能有錯。
5. 用字遣詞不當：引用成語不當、錯別字或語法、字句或專業名詞有誤。
6. 內容遺漏不全：報導前後段落內容不合、接段錯誤、遺漏、顛倒，標錯標點符號。
7. 圖表有誤：搭配新聞的圖表內容有錯。
8. 圖片有誤：生態報導時，弄錯植物或鳥類、昆蟲等照片；或報導對象的照片誤植；或圖片和圖片說明不符、圖片與新聞事件無關。
9. 資料引用不當：網路資料引用不當或消息來源的資料有誤，未查證引發錯誤。
10. 引述有誤：引述消息來源時報導不完全，未能表達出消息來源的原意，或斷章取義、截取較具衝突性的言詞，引發爭議。

11. 報導與事實有出入：這種錯誤有時是「無心之疏」，因來不及查證，或未找到當事人做平衡報導，使新聞與事實有出入；或因主觀認知錯誤做出不實報導，最不可取的是「有心之失」，在閱報率、收視率的壓力下故意假造新聞。

新聞工作與時間賽跑，在截稿壓力下、或突發新聞事實尚未完整、事件不明的混亂時刻，最易因一時疏忽，未克盡到查證的責任，而造成新聞錯誤，因此對於這些常見的新聞錯誤，應盡力避免，力求新聞的正確性。

## 二、新聞錯誤發生的原因

雖媒體的報導應力求「真實」「正確」，但媒體還是常常有錯誤發生。徐佳士（1974）研究發現，消息來源認為造成主觀錯誤的原因是處理新聞時間短促、記者與消息來源的親身接觸不夠、報社主持人作風與政策的影響、記者背景知識不足、記者懶惰和黃色新聞報導的作風（羅文輝&蘇蘅&林元輝，1998）。

近年來，外界不批評媒體未謹守客觀及公正原則來處理新聞；台灣新聞媒體或因專業不足，或過於主觀而淪為意識型態及政治立場的俘虜，處理新聞往往以有聞必錄來取代查證，亦不講究公平（盧世祥，2005）。

台灣報紙之所以會錯假新聞不斷，並非不懂傳播理論，和認知「真實」是新聞的生命，但因缺乏嚴謹的專業態度，及認真查證的精神，致隨意將爆料或傳聞作報導，且有轉述謬誤的報導，猶為電視引用，以訛傳訛，不啻自毀公信力（呂一銘，2008）。

綜合學界研究、媒體監督組織批評及編採實務作業，新聞錯誤發生的原因，常見的有以下幾種（方怡文&周慶祥，2000：396；陳萬達，2008）：

1. 採訪不夠謹慎、周詳：採訪時不夠周詳，忽略重要事實或內容而導致錯誤。
2. 時間匆促造成錯誤：新聞求快，忙中有錯。
3. 搶發新聞、搶獨家造成：發展中的新聞、尚未成熟，為了搶得先機，可能因揣測、預判產生報導錯誤，這常發生在重大人事新聞上，例如猜閣揆、首長名單時，常常捕風捉影，出錯率最高。
4. 欠缺專業知識：醫藥、科技、法律、財經等路線相當專業，如果缺乏專業素養和知識，不但不能理解報導的內涵，還容易造成錯誤，引發專業人士批評。
5. 判斷力不足造成失誤：由於記者對事情缺乏認識，很容易產生判斷錯誤，而造成新聞報導有誤。
6. 新聞查證不確實、欠缺平衡報導。
7. 對消息來源有聞必錄或誇大渲染報導。
8. 濫用爆料、網路傳聞等消息來源，未做追蹤查證工作。
9. 揣摩媒體立場，陷入主觀報導陷阱。
10. 捏造新聞或是亂掰新聞。
11. 編採守門人把關不周，未善盡專業職責。

## 第二節　新聞錯誤與更正

### 一、新聞錯誤的影響

《紐約時報》董事長小沙茲柏格（Arthur O.Sulzberger Jr.）2005 年 12 月來台訪問曾提到：「報導若出入太多，會失去影響力，也易促使社會分化。如此亦會耗掉其過去累積的社會信賴感和公信力，而失去影響力（呂一銘，2008）。」

新聞報導與事實有出入，近年來最大的新聞烏龍案件就是衛生署代署長涂醒哲舔耳小籠包店老闆的性騷擾案，及「腳尾飯」造假事件所引發的風波最大，新聞媒體未查證消息來源，以假為真錯報，直到司法介入，真相才大白，但已嚴重侵害當事人權益，是新聞媒體從業人員應引以為鑑的案例。

◎案例一：

2002 年 10 月 1 日《聯合晚報》三版頭條以「某首長被爆雙性戀 KTV 強吻舔耳」標題，首開這宗涂醒哲舔耳案報導，隔天《聯合報》於其二版頭條率先指名道姓說「涂醒哲酒酣耳熱舌襲男人!?」；同日《自由時報》是以「男閣員雙性戀？傳強吻同性」處理；《中國時報》以「某首長驚傳雙性戀？傳強吻同性」處理；《台灣日報》以「首長雙性戀　游揆：不方便查」處理（林元輝，2006：53）。

接下來，在電子媒體的催化下，涂醒哲舔耳案開始搬演各式現場重建的報導，

「根據所謂可靠消息來源」描述舔耳現場。不少媒體更以輕忽態度率性聯想，把可能誤導讀者、未經查證的資訊搬出來，讓涂不僅身陷雙性戀的性騷擾案，更掉入「性、謊言和人格缺陷」的泥淖（林元輝，2006：53～54）。

10 月 5 日，檢調及政安單位查出疑似涉及性騷擾案的不是涂醒哲，真正涉案者衛生署人事室主任屠豪麟曝光，輿論大逆轉，控方立法委員李慶安與被舔耳騷擾的鄭可榮公道歉。這場指鹿為馬的報導烏龍案，嚴重傷及涂醒哲的名譽、隱私等人權（林元輝，2006：55）。

媒體在這次事件中，根本把基本的新聞查證忘得一乾二淨，處處可見未審先判的粗糙新聞報導及評論。事後查證盡然是被害人認

錯人，把「屠主任」誤認為涂醒哲，社會各界因而對媒體大加批評，媒體公信力受到嚴重打擊（方怡文&周慶祥，2003：66）。

◎案例二：

2005年6月上旬，台北市議員王育誠以一卷造假的殯儀館「腳尾飯」外流跟拍錄影帶，抨擊殯葬部門的市政有官商勾結。各有線電視台電子媒體未經查證，有聞必錄，都隨造假的錄影帶起舞。TVBS首先搶播帶畫面，鏡頭所攝台北市水源路和農安街的自助餐和飲食攤。所落標題是「驚爆吃死人飯，竟然不認帳」。另有新聞台說「殯儀館外流的三牲魚肉，商家可以做肉丸」。後來刑事局介入調查，揭穿王育誠的質詢錄影帶造假，媒體對水源路和農安街的指控，全屬子虛烏有（莊嘉台，2005；轉引自林元輝，2006：10～11）。

「腳尾飯」事件中，媒體將王育誠提供的「錄影帶」，在未經查證的情況下播出，事後證明該影帶為王育誠助理杜撰的「模擬劇」，但已對影帶中影射的商家造成莫大的傷害；政大廣電系助理教授曾國峰認為，「腳尾飯」事件引起社會大眾關注媒體以模擬畫面作為調查工具，欠缺誠信之問題（褚瑞婷，2005；轉引自林元輝，2006）。

這兩件烏龍案，一是被舔耳的消息來源認錯人，一是「腳尾飯」為模擬劇，都因消息來源有誤，再加上查證不實，引發社會大眾對媒體的撻伐及批評。

另外，2002年，《中時晚報》把網路上「華工捐助同盟會革命三箱金條，流落南非一百年」的愚人節創意當作一版頭條新聞；次年，嚴重急性呼吸道症候群（SARS）肆虐，媒體傳播匿名的瓶中信，指台北市馬偕醫院有SARS病患逾八十人，一度造成社會恐慌（盧世祥，2005）。

由於媒體新聞報導的公正性遭到外界質疑，民間甚至成立新聞監督組織來觀察媒體專業表現，新聞公害防治基金會從2006年元月起，逐月記錄並定期發表主要報紙（自由、蘋果、聯合報、中國時報、聯合晚報）錯假新聞，另外還選出年度十大烏龍新聞[1]，其中 2006 年的十大烏龍新聞之首是見於報紙頭版的:「馬英九母親跌倒就醫，要大家瞞著馬英九」(新防會，2007)。

## 二、新聞與更正

新聞工作者在截稿的時間壓力下工作，媒體出錯在所難免。報導前應盡力防錯，其後有錯則迅速更正，以使事實浮現。美國電視上最受信賴的主播柯朗凱（Walter Cronkite）曾強調，凡是固定刊登更正欄，便是最負責任之報紙（盧世祥，2005）。美國著名《紐

---

[1] 根據新聞公害防治基金會（新防會）長期監督統計結果顯示，2006 年全年台灣報紙總共出現 132 則新聞烏龍事件，該會從這項統計中選出十大烏龍新聞。

此「十大烏龍新聞」經新防會選出，分別為：

一、「馬英九母親跌倒就醫，要大家瞞著馬英九(註：馬英九於見報之後說：寫得很好，唯一就是不是真的)(1 月 14 日中國時報 A1、A4)。

二、「大學生因捷運強吻行為，誤信（註：蘋果日報報導）上吊自殺」(1 月 14 日蘋果日報 A14)。

三、「吳淑珍美國買超市、趙建銘疑赴越南洗錢與『華國幫合夥投資』」(5 月 30 日聯合晚報 3 版)

四、「籲扁下台效應擴大，扁律師、閃靈主唱連署（註：閃靈 25 日晚即予否認，次日仍予照登)」(7 月 26 日中國時報 A1 頭題)。

五、「趙建銘賣 13 克拉巨鑽」(8 月 18 日聯合報 A1 頭題)。

六、「李遠哲為李登輝和施明德連繫中間人(註：遭李遠哲痛斥媒體都在說謊)」(9 月 22 日聯合報 A3)。

七、「高鐵模擬地震 5 公里才煞住（註：違反物理學原理)」(10 月 23 日聯合報 A6 頭題)。

八、「陳致中滯美　扁當定美國人阿公」(11 月 27 日中國時報 A5)。

九、「桃園縣鴨子屠宰場　全是非法的（註：官方後來檢查合法)」(12 月 22 日聯合晚報 11 版)。

十、「資料外流　暴露高鐵 8 大缺失（註：事後證明不實)」(12 月 23 日中國時報 A8 頭題)。

約時報》總編輯羅森紹（A.M.Rosenthal）說：「新聞並非謊言、偷竊或欺騙的執照。」如果報導不實，也須自動查證「更正」（呂一銘，2008）。

堪稱全球報業模範生的《紐約時報》，不但每天固定刊登更正欄，訂正事實的錯誤如人名、數字、地點等，還有「編者的話」（Editor's Note）就事實錯誤以外的疏失更正。2004 年共刊出 2200 則更正，甚至曾經在第一版，出現承認自己錯誤的更正報導（盧世祥，2005）。

這些疏失，主要是指報導或編輯時遺漏重要的部份，或新聞標題未能充分反映內容的實質。該報發生記者布萊爾（Jayson Blair）連續抄襲及打高空的醜聞，即以「編者的話」及刊登 7000 多字調查報告向讀者認錯。不僅如此，如果出錯嚴重，新聞部負責人還下台鞠躬（盧世祥，2005）。

台灣自 1999 年廢止出版法之後，平面媒體除非有挨告之虞，對於來自當事人的更正請求權愈來愈不理睬，台灣現今唯《蘋果日報》每日刊出（錯與批評）的更正欄，絕大部分媒體仍以類似「動態平衡更正」，拒絕處理錯誤報導應有的更正或道歉（盧世祥，2005）。

新防會（2006）發表報紙觀察報告指出，在 2006 年 8、9 月，各主要報紙的「烏龍新聞」，高達 20 則。烏龍新聞作一版頭題者有 9 則，二版頭題 2 則，四版頭題 4 則。部分報紙多以新聞方式或由其他報紙報導「更正」；而正式有更正啟事者，均係面臨司法官司後被動為之[2]。

---

[2] 聯合報 8 月 20 日於 A1 版對「趙建銘賣 13 克拉巨鑽」報導道歉；中國時報則在 9 月 25 日 A1 版頭題的報導中，提及「民進黨主席游錫堃發表有關『中國豬』等刺激性言論」，當天即為游主席舉行記者會駁斥，並前往台北地檢署控告，該報乃於 26 日 A2 版頭題旁刊登「小啟」及一則報導澄清致

## 三、如何彌補新聞錯誤

雖然媒體因新聞錯誤，遭受民間監督團體批評，但新聞發生錯誤，絕大多數是編採過程中的無心疏失，因此要如何彌補錯誤，不會影響當事人及讀者權益，益顯重要。媒體通常會採取「以報導方式更正」、來函、或刊登更正啟事等方式彌補錯誤。

「訂正」（更正）或「來函」，本質上都是媒體於報導之後，對於不實或有爭議部分的回應。「訂正」通常顯示前此的報導有誤；「來函」則反映媒體並未認為報導出錯，但因查證不周延、未讓當事人講話或只是媒體不願認錯，把當事人或有異議者的來函照登（盧世祥，2005）。

以下是平面媒體所刊登的更正啟示：

◎案例一：

本報廿一日 A 十四版報導李珊珊親子訴訟，有關「贊泰建設負責人邱嘉雄，與資深女藝人林月雲發生婚外情，生下電視主播侯佩岑」報導，引述有誤，侯佩岑是林月雲與知名廣播人侯世宏所生，生父並非邱嘉雄先生，特此更正並致歉。

◎案例二：

「民進黨主席游錫堃近來雖曾發表『倒扁就是中國人糟蹋台灣人』等言論，引發各界對族群對立的疑慮。但經查，游主席並未說過如本報九月二十五日頭版報導的『中國豬』字眼。特此澄清，並向游主席及讀者致歉。」

---

歉（新防會，20006）。

# 第三節　如何避免錯誤發生

一個好的企業注重的是產品品質以及客戶服務，這通常是該公司能否永續經營的重要關鍵。品質好的商品在生產時會遵照一套標準化的作業流程（SOP），除了能按部就班完成作業，也能在層層的生產流程檢驗中確保產品品質；新聞工作也是如此，從佈建、採訪、查證、編輯，到刊出，每個守門的環節，都有一套標準作業程序，都需要小心翼翼，才不致出錯，以維護產品應有的品質（管中祥，2007）。

正確的新聞報導應包括三個方向的正確：1、事實的正確；2、文章的正確；3、新聞價值衡量的正確（陳萬達，2001：95）；揭發水門事件的名記者渥德華認為記者就一件新聞以多種角度採訪、報導，自然容易透露真相，做到公平客觀（石麗東，1991：356）。

美國密蘇里大學的 Kennedy（1994）認為，記者報導新聞時要「公平、不偏、正確、完整、事實、專業、進取和富於同情」，才能提升新聞的正確性（方怡文&周慶祥，2000：395；陳萬達，2008）。

因此，避免新聞錯誤的發生，相當重要，尤其是爆料及網路新聞已成媒體重要的新聞來源之一，更要謹慎處理。應如何減少錯誤，提升新聞的正確性？

一、積極查證：新聞查證工夫不可少，消息來源所提供的資訊不一定正確，也可能是片斷了解，非事件的全貌，因此須積極的查證，避免被消息來源利用或誤導而出錯。例如曾有部長級官員帶媒體去花蓮參訪六十石山，卻口誤六十石山位於台東，有記者不查，便引述發稿出錯，此例可知，不見得官員給予的訊息就完全正確。

二、平衡報導：平衡報導是處理新聞最重要的態度與原則，面對爭議性新聞時，更要讓名譽受損者或被指控者的意見有平衡報導，若事件複雜涉及多方時，更要讓多方意見並陳。有時，媒體在爭議新聞的報導上，常常是批評或指責新聞的篇幅做很大，但平衡意見卻只有一小篇或幾句話，如此處理易引發當事人抗議。

三、避免主觀偏見影響新聞判斷：新聞報導時把消息和意見分開，不要夾敘夾議，對事件不宜有預設立場，或跟著媒體報導人云亦云。

四、遵守新聞道德：新聞媒體競爭激烈，不宜為了搶獨家見獵心喜，忽略事實真相，也不要把傳聞當作新聞，最不可取的是造假新聞，更不宜為了私利捏造新聞，曾有一家媒體記者杜撰、獨家報導某公司有利多，因被查出涉及炒股，後來還遭到起訴。

五、加強專業知識：記者分配跑那條路線，就應加強路線上的專業知識，成為該領域的專家，同時應建立可以請益的專家諮詢庫，以補充專業知識的不足；面對較深奧的科技醫療等新知新聞，若採訪者沒有搞懂，便依據一知半解報導新聞，讀者一定更看不懂。

六、引用網路新聞宜留意：網路世界真真假假，一不查就可能會變成烏龍新聞，另外，也不能隨意擷取網路資料及照片，若未獲當事人同意可能引發侵權爭議，曾有媒體因引用部落格照片，未經當事人同意，而付出賠償代價。

七、爭議新聞掌握重要事證：涉及爭議新聞，一定要有憑有據，包括圖片及文件或錄音內容，做為報導的有力佐證，否則易因當事人否認，各說各話，而使真相難以呈現，並可能因而陷入誹謗困境。

八、仔細檢查新聞內容：要使疏失減到最低程度，記者是第一關，在寫完新聞時，應先自我檢查有無疏漏或語意不清之處。記者完成採訪後，媒體採訪主管及編輯等守門人在出刊前應注意事項為：

（一）新聞的情節、數字等重要內容，如違反常情或常識判斷，很可能就是錯的，應主動要求記者重新查證。

（二）文稿中有錯誤或予盾之處，也應查證清楚；新聞中如有複雜的人物相互關係，更不能弄錯。

（三）查證所有報導內容、註明引述來源，編輯標題、圖說、圖片都要與報導事實相符。在引用舊資料及舊照片時，則要更新人物的頭銜等相關資料。

如果報導發生錯誤，讀者指正及抗議的電話就會不斷，因此媒體對於新聞錯誤，應立即查明事實，做澄清與更正，同時追究責任，並建立當事人投訴及檢討機制，以改善錯誤發生率。目前有部份媒體在內部組成新聞品質管控單位，做品質改善及檢討錯誤、懲處的自律工作。惟有媒體自我要求、加強新聞品質控管，才能降低新聞發生錯誤的次數。

## 【思考問題】

1. 應如何避免新聞錯誤的發生？如果發生錯誤時，誰該負責任？
2. 如果你是報社總編輯，要如何維持新聞的正確性？

## 【實作作業】

1. 國內媒體常發生的新聞錯誤有那些類型？
2. 請採訪各媒體在新聞發生錯誤時的處理方式？
3. 請找出刊在媒體上的更正啟示？

## 【參考書目】

石麗東（1991）。《當代新聞報導》。台北：正中書局。

呂一銘（2008）。《2007 年十大烏龍新聞事件新聞稿》。財團法人新聞公害防治基金會。

呂一銘（2008）。《2008 年元月份烏龍新聞事件紀實新聞稿》。財團法人新聞公害防治基金會。

呂一銘（2008），〈2008 年 4 月新聞烏龍事件紀實新聞稿〉，財團法人新聞公害防治基金會。

何國華（2007）。〈公民記者對傳統媒體之挑戰〉，《中華傳播學會 2007 年年會論文》。

林元輝（2006）。《新聞公害的批判基礎——以涂醒哲舔耳冤案新聞為主例》。台北：巨流圖書公司。

周慶祥、方怡文（2003）。《新聞採訪寫作》。台北：風雲論壇出版。

陳萬達（2001）。《現代新聞編輯學》。台北：揚智文化。

陳萬達（2008）。《新聞採訪與編輯：理論與實務》。台北：威仕曼文化。

管中祥（2007）。〈找回台灣新聞媒體的社會責任〉。《世界年鑑》，台北：中央通訊社。

羅文輝、蘇蘅、林元輝（1998）。〈如何提升新聞的正確性：一種新查證方法的實驗設計〉，《新聞學研究》，第 56 期，頁 269-296。

盧世祥（2005）。〈新聞自由與報導責任——報紙報導生態的挑戰與責任〉，《行政院 2005 出版年鑑》，第二篇新聞出版業。

盧世祥（2005），〈新聞更正的主動、被動與抗拒〉，《南方快報》。

新防會（2006），〈新防會 2006 年 8-9 月報紙新聞觀察〉，財團法人新聞公害防治基金會。

新防會（2007），〈新防會發表 2006 年十大烏龍新聞〉，財團法人新聞公害防治基金會。

社會科學類　ZF0023

# 新聞採訪與寫作

編　　者 / 銘傳大學新聞學系
責任編輯 / 邵亢虎
圖文排版 / 陳湘陵
封面設計 / 陳佩蓉

法律顧問 / 毛國樑　律師
出 版 者 / 銘傳大學新聞學系
（116）臺北市中山北路五段 250 號
電話：（02）28824564 轉 2355
傳真：（02）28809767
製作發行 / 秀威資訊科技股份有限公司
114 台北市內湖區瑞光路 76 巷 65 號 1 樓
電話：+886-2-2796-3638　傳真：+886-2-2796-1377
http://www.showwe.com.tw
劃撥帳號 / 19563868　戶名：秀威資訊科技股份有限公司
讀者服務信箱：service@showwe.com.tw
展售門市 / 國家書店（松江門市）
104 台北市中山區松江路 209 號 1 樓
電話：+886-2-2518-0207　傳真：+886-2-2518-0778
網路訂購 / 秀威網路書店：http://www.bodbooks.tw
國家網路書店：http://www.govbooks.com.tw
圖書經銷 / 紅螞蟻圖書有限公司
114 台北市內湖區舊宗路二段 121 巷 28、32 號 4 樓
電話：+886-2-2795-3656　傳真：+886-2-2795-4100

2010 年 09 月 BOD 一版
定價：260 元

國家圖書館出版品預行編目

新聞採訪與寫作 / 銘傳大學新聞學系編.
- 一版. -- 臺北市 : 銘傳大學新聞系, 2010.09
面 ; 公分. -- (社會科學類 ; ZF0023)
BOD 版
978-986-6767-19-7(平裝)

1.採訪 2.新聞寫作

895 99014221

# 讀者回函卡

感謝您購買本書，為提升服務品質，請填妥以下資料，將讀者回函卡直接寄回或傳真本公司，收到您的寶貴意見後，我們會收藏記錄及檢討，謝謝！

如您需要了解本公司最新出版書目、購書優惠或企劃活動，歡迎您上網查詢或下載相關資料：http:// www.showwe.com.tw

您購買的書名：______________________________

出生日期：________年________月________日

學歷：□高中（含）以下　□大專　□研究所（含）以上

職業：□製造業　□金融業　□資訊業　□軍警　□傳播業　□自由業

□服務業　□公務員　□教職　□學生　□家管　□其它_____

購書地點：□網路書店　□實體書店　□書展　□郵購　□贈閱　□其他

您從何得知本書的消息？

□網路書店　□實體書店　□網路搜尋　□電子報　□書訊　□雜誌

□傳播媒體　□親友推薦　□網站推薦　□部落格　□其他__________

您對本書的評價：（請填代號　1.非常滿意　2.滿意　3.尚可　4.再改進）

封面設計____　版面編排____　內容____　文／譯筆____　價格____

讀完書後您覺得：

□很有收穫　□有收穫　□收穫不多　□沒收穫

對我們的建議：______________________________

______________________________

______________________________

______________________________

請貼
郵票

11466
台北市內湖區瑞光路 76 巷 65 號 1 樓
**秀威資訊科技股份有限公司** 收
BOD 數位出版事業部

..........................................................................................

（請沿線對折寄回，謝謝！）

姓　　名：＿＿＿＿＿＿＿＿＿＿＿　年齡：＿＿＿＿　性別：□女　□男

郵遞區號：□□□□□

地　　址：＿＿＿＿＿＿＿＿＿＿＿＿＿＿＿＿＿＿＿＿＿＿＿＿＿＿＿＿＿

聯絡電話：(日)＿＿＿＿＿＿＿＿＿＿＿＿＿(夜)＿＿＿＿＿＿＿＿＿＿＿＿＿

E-mail：＿＿＿＿＿＿＿＿＿＿＿＿＿＿＿＿＿＿＿＿＿＿＿＿＿＿＿＿＿